서정춘이라는 詩人

■ 엮은이

하종오: 1954년 경북 의성 출생. 1975년 『현대문학』 추천으로 등단. 시집으로 『벼는 벼끼리 피는 피끼리』『정』『님』『지옥처럼 낯선』『국경 없는 공장』『아시아계 한국인들』『남북상징어사전』『남북주민보고서』『세계의 시간』『신강화학파』『초저녁』『국경 없는 농장』『신강화학파 12분파』『웃음과 울음의 순서』『겨울 촛불집회 준비물에 관한 상상』『죽음에 다가가는 절차』『신강화학파 33인』 등이 있다.

조기조: 1963년 충남 서천 출생. 1994년 제1회 <실천문학신인상>으로 등단. 시집으로 『낡은 기계』『기름美人』 등이 있다.

서정춘이라는 詩人

초판 1쇄 발행_2018년 10월 29일

엮은이_하종오 · 조기조
펴낸이_조기조
펴낸곳_도서출판 b

주간_조영일
편집_김사이+백은주
관리_김장미
표지사진_육명심
인쇄_상지사P&B

등록_2006년 7월 3일 제2006-000054호(2003년 2월 24일)
주소_08772 서울특별시 관악구 난곡로 288 남진빌딩 302호
전화_02-6293-7070(대) / 팩시밀리_02-6293-8080
홈페이지_b-book.co.kr / 이메일_bbooks@naver.com

값_15,000원

ISBN 979-11-87036-68-5 03810

* 이 책 내용과 사진을 재사용하려면 저작권자와 도서출판 b 양측의 동의를 얻어야 합니다.
* 잘못된 책은 교환해 드립니다.

서정춘이라는 詩人

하종오 · 조기조 엮음

도서출판 b

한 시인을 기념하는 방식

어떤 한 시인을 기념한다는 일이 자칫 그 시인을 불명예스럽게 하는 일이 될 수도 있다는 점을 우리는 잘 알고 있다. 없어져도 좋을 듯한 넘쳐나는 '기념비'들을 보면서 드는 생각이다. 작위성이 강한 기념들이 그렇다. 반면 작은 돌멩이 하나하나가 쌓여서 탑을 이루듯이 만들어지는 기념비가 있다. 우리는 그 좋은 예로서 서정춘 시인을 꼽는다. 생존 시인 가운데 여러 문인들로부터 오랜 시간을 두고 이렇게 많은 시를 받은 시인을 찾기는 쉽지 않기 때문이다. 그렇게 차곡차곡 쌓인 글들을 갈무리한 것일 뿐인 이 '시인 서정춘의 등단 50주년 기념집'은 말하자면 저절로 이루어진 '기념비'라고 할 수 있다.

이 기념집 발간의 단초가 된 후배시인 하종오의 발견과 제안은 수년 전으로 거슬러 올라간다. 그러나 서정춘 시인의 고사에 따라 묵혀오다가 등단 50주년을 맞은 올해 엮은이들의 거듭된 권유로 마침내 발간이 이루어졌다. 그는 자신의 고향에서 집필실을 제공하겠다는 제안조차 고사한 시인이기도 한데, 아마도 그의 고사는 자신의 창작활동에 대한 엄격한 겸손함의 표현방식이 아닌가 한다.

본래 이 기념집은 마치 시인의 얇은 시집들처럼 그에게 준 시 40여 편으로만 꾸려질 예정이었다. 그런데 막상 그렇게 만들려 하니 왠지 왜소해 보이기도 하거니와 거기에 이런저런 제안들이 보태져서 현재의 모양으로 기획되었다. 이 기념집에 우리는 『서정춘이라는 시인』이라고 제호를 붙였다. 많은 문인들이 시인을 그리고 있는 글로써 시인 서정춘의 면모를 살피고 가늠해 볼 수 있을 것이라는 생각에서였다.

제1부에는 시인에게 준 시편들이 발표순으로 수록되었는데 공식 지면에 발표하지 않고 시인에게 직접 준 시는 미발표작으로 표시하여 배치했다. 제2부에는 그의 시들에 대한 단평이 실렸다. 이 단평들에는 비평도 비평이지만 나름의 시인의 면모가 배채되어 있다는 점에서 추가된 것이다. 본격 비평에 해당하는 글은 별도의 목록으로 수록되었다. 제3부에는 다양한 화보와 시인의 등단기에 해당하는 글 한 편, 그리고 그와 오랜 교분을 다진 장서가 윤길수 씨가 시인의 구술을 참고하여 정리한 연보 등이 실렸다. 이렇게 꾸며놓았지만 여전히 그의 시집들만큼이나 단출한 느낌이다.

엮은이들은 이 기념집에 어떤 문학적 혹은 문학사적 의미부여도 할 수 없다. 별다른 의도 없이 저절로 이루어진 '기념비'에 무슨 첨언을 하랴 싶은 것이다. 문인들의 독특한 경향성은 이따금 서로 다름에 대한 배타적인 행동양식으로 드러나곤 하는데, 누군가를 기념하는 일에 있어서 특히 그렇다고 생각한다. 그런데 서정춘 시인을 향한 마음에서는 다양한 경향의 문인들이 한데 어울려 있다는 점이 강하게 눈길을 끈다. 도대체 이 기이할 정도로 아름다운 현상은 어떻게 비롯된 것인가 하는 점을 염두에 두면서 이 기념집을 읽는다면 한 시인에 대한 깊은 이해가 주어지리라 생각한다.

끝으로 등단 50주년을 맞아 이 기념집을 받는 서정춘 시인께 기쁘고도 부러운 마음으로 축하한다. 그리고 이 뜻깊은 자리에 기꺼이 작품의 수록을 허락해주신 여러 필자들께 감사의 인사를 올린다. 또한 이 기념집에 꼭 수록되어야만 할 글들이 누락되었다면 그 점은 오직 엮은이들의 안목과 게으름의 소치다.

2018년 가을
하종오 · 조기조

제2부 시 이야기 · 서정춘

제3부 시인 이야기 · 서정춘

제1부

이야기 시 · 서정춘

박
정
만

1946년~1988년. 전북 정읍 출생.
1968년 〈서울신문〉 신춘문예에 시
「겨울 속의 봄 이야기」가 당선되어
등단. 시집으로 『잠자는 돌』 『맹꽁
이는 언제 우는가』 『무지개가 되기
까지는』 『서러운 땅』 『저 쓰라린
세월』 『혼자 있는 봄날』 『어느덧
서쪽』 『슬픈 일만 나에게』, 유고 시
집 『그대에게 가는 길』, 유고 산문집
『나는 사라진다, 저 광활한 우주 속
으로』 『나는 해 지는 쪽으로 가고
싶다』 등이 있다.

그리운 시간
— 서정춘徐廷春 형에게

이제 말씀을 마시게.
내 귀의 조약돌은 아직 살아 있다네.
귀뿌리에 대고 조심히 말씀드리면
귀가 있어 우리는 얼마나 아름다운가.

인제 빨리 오시게.
할 말씀이 꽃구름처럼 피어나고
세상은 죽어 나자빠질 만큼 아름다우이.
그러니 우리 죽어서 한세상 살아보세.

인제 자꾸자꾸 걸어가자구.
동녘의 하늘은 제멋대로 밝아지고
서녘의 하늘은 제 힘으로 기울어져서
풀빛깔도 이제는 하나로 깊어졌다네.

살아 보기, 살아서 그리움 보기.
저토록 산색 또한 토라져서 아득하기 짝이 없는데
어떻게 이 청춘 무덤에 주나.
무덤 위엔 잡풀만 외롭게 자란다이.

인제 꿈속으로 찾아오시게.
버린 돌 너무 많아 그리움이 되는데

그 그리움 버리면 한 생의 뼈대도 없고
작은 이 가슴의 산도 사라지겠지.

워이, 워이, 워이,
재빠르게 산을 불러 어서 오시게.
저문 날의 꿈은 새날의 꽃빛 바람결,
그 바람결 몰아 타고 빨리 오시게.

기다리는 마음의 눈물 풀처럼 자라난다오.

　　　　　　　　　　　　—『어느덧 서쪽』, 문학세계사, 1988.

박
정
만

1946년~1988년. 전북 정읍 출생.
1968년 〈서울신문〉 신춘문예에 시
「겨울 속의 봄 이야기」가 당선되어
등단. 시집으로『잠자는 돌』『맹꽁
이는 언제 우는가』『무지개가 되기
까지는』『서러운 땅』『저 쓰라린
세월』『혼자 있는 봄날』『어느덧
서쪽』『슬픈 일만 나에게』, 유고 시
집『그대에게 가는 길』, 유고 산문집
『나는 사라진다, 저 광활한 우주 속
으로』『나는 해 지는 쪽으로 가고
싶다』 등이 있다.

그리운 형에게
─ 서정춘 형

형님, 저도 이 가을이 그립습니다.
저 화단에 피어 있는 국화도 보고
마지막 산그림자도 보고 싶습니다.

형님, 언제나 끝없는
저 먼 길을 가고도 싶습니다, 형님.
동양東洋으로, 동양으로 가고 싶습니다.
가다가 눈이 아프면
그런 날 밤에는 별을 보지요.

저쪽 어딘가
천 년 전에 살던 사람이 지금도
살고 있다는데요.
그때에 살던 마을이 있다는데요, 형님.

그 사람들을 만나면
나도 이렇게 전하겠어요, 형님.
천년 후에 나도 살아가고 있다구요.
그 다음 사람도 기별을 전할 터인데
그 기별 한 자,

나는 일자무식이라고요, 형님.

—『그대에게 가는 길』, 실천문학사, 1988.

박
해
석

1950년 전주 출생. 1995년 시집 『눈
물은 어떻게 단련되는가』로 국민일
보문학상을 받으면서 등단. 시집으
로 『견딜 수 없는 날들』 『하늘은
저쪽』 『중얼거리는 천사들』 등이
있다.

얼마나 더 멀랴

시인의 이름을 얻은 지 28년 만에
한 회사에서 밥을 먹은 지 28년 만에
명예퇴직하고
첫 시집 『竹篇』을 펴낸 서정춘 형
모두 합해 겨우 35편이 오히려 황송하다는
그를 모처럼 만나 해거름부터 취했다
밤 이슥해 자기 집에 한번 들렀다 가라고
하도 소매 잡아끌길래
함께 사당동 달동네로 올라갔다
삼백예순날 이불 깔아 놓아도 다숩지 않을
오싹한 냉골방에 들어갔다
그 흔한 문갑도 물주전자도 보이지 않고
키 작은 낡은 전기스탠드 아래
요렇게 엎드려 책 읽고 시 쓴다는
그의 소슬한 머리맡에
신간 시집 여남은 권 정갈하게 쌓여 있는데
"동생아, 자네 시집도 여기 있지?"
그가 손가락으로 가리키는 곳,
나는 부끄러웠다

―― 시인이 여기서 얼마나 더 멀랴

― 『시와시학』, 1996. 가을호.

송
재
학

1955년 경북 영천 출생. 1986년 『세계의 문학』에 시를 발표하며 등단. 시집으로 『얼음시집』 『살레시오네 집』 『푸른빛과 싸우다』 『그가 내 얼굴을 만지네』 『내간체를 얻다』 『진흙 얼굴』 『날짜들』 『검은색』 『기억들』 등이 있다.

타이프라이터 애인
— 서정춘 선생님에게

나에게 타이프라이터 치는 애인이 있지

내가 <ㄷ>을 말하기도 전에 <ㅏ>와 <ㅇ>을 더하여 <당신>의 비음을 빌미로 포옹하는 여자

만약 <ㅇ>을 찍어 이데올로기라는 심각한 표정을 지으면 <잎새, 아름다움, 아리아> 등의 미학을 준비하는 여자

네잎 클로버 사이로 그 입을 들여다보면 모든 말의 구근이 군량미처럼 쌓여 있다네

비오는 날, <ㅂ>에 <ㅣ>를 찔러보면 벌써 고조되는 여자

짧은 앎을 탓하지 않고 자음과 모음을 뒤섞어 내 시를 대신 베껴주는 부지런한 사랑이여

한때 나는 천 개의 혀를 가진 타이프라이터를 사랑했네

— 『기억들』, 세계사, 2001.

주
영
만

1957년 대전 출생. 1991년 『문학사
상』에 「춤 1」을 발표하며 등단. 시집
으로 『노랑나비 베란다 창틀에 앉
다』 등이 있다.

또 황사

늦가을인데
고비사막은 또 죽을 고비인가?

'여기서부터, ── 멀다'*의 서정춘 시인은 바바리 코
트깃을 세우고 어깨를 움츠리며 주황색 가로등 불빛
사이를 아직도 낮은 키로 걸어가고 저희들끼리 무리지
어 보도블록 위를 쓸고 지나가는 붉게 혹은 노랗게 물든
플라타너스 잎사귀에는 지난여름의 희끗한 그 뒷모습이
보인다 어둠 속에서는 철새들의 아득한 날갯짓처럼 서
쪽 하늘에서부터 겨울은 흐리게 혹은 뿌옇게 몰려오고
있다

바실리 칸딘스키가 또 오나?**

── 『현대시』, 2003. 10월호.

* 서정춘 시인의 시 「죽편·1」에서 인용.
** 러시아 출신의 프랑스 화가. 현대 추상미술의 창시자.

저 50년대!

이
시
영

1949년 전남 구례 출생. 1969년 〈중
앙일보〉 신춘문예에 시조가, 『월간
문학』 신인작품공모에 시가 당선
되어 등단. 시집으로 『만월』 『바람
속으로』 『길은 멀다 친구여』 『이슬
맺힌 노래』 『무늬』 『사이』 『조용한
푸른 하늘』 『은빛 호각』 『바다 호
수』 『아르갈의 향기』 『우리의 죽은
자들을 위해』 『경찰은 그들을 사람
으로 보지 않았다』 『호야네 말』 『하
동』 등이 있다.

전라남도 순천시 순천역 앞 광장. 기차에서 부린 석탄
가루를 져나르던 새까맣고 불쌍한 조랑말이 생각난다.
서정춘 형 말에 따르면 정춘 형은 어느 해 겨울밤 그
자그마한 조랑말과 함께 더운 김을 뿜으며 무슨 일인가
로 학재 너머 구례장터에까지 왔었다고 한다.

—『은빛 호각』, 창비, 2003.

조
창
환

1945년 서울 출생. 1973년 『현대시
학』으로 등단. 시집으로 『빈집을 지
키며』『라자로마을의 새벽』『그때
도 그랬을 거다』『파랑눈썹』『피보
다 붉은 오후』『수도원 가는 길』
『마네킹과 천사』『벚나무 아래, 키
스자국』『허공으로의 도약』, 시선
집 『신의 날』『황금빛 재』 등이 있
다.

다리 위에서
— 서정춘 형에게

여기서 보면, —— 멀다

나는 대꽃 피는 마을을 모르지만
대꽃 피는 마을에서 온 사람 이야기를 안다

나는
꽃 그려
새 울려 놓을 줄
모르지만
지리산 골짜기로 떠난 사람 이야기를 안다

나는 눈물이 덩어리로 엉길 줄 모르지만
흥보가 중에서 가난 타령 한 대목을
무지막지하게 잘 불러 넘기는
상두꾼 아들
한 사람을 안다

여기서 보면, —— 멀다

—『수도원 가는 길』, 문학과지성사, 2004.

한
정
원

서울 출생. 1998년 『현대시학』으로 등단. 시집으로 『그의 눈빛이 궁금하다』 『낮잠 속의 롤러코스터』 『마마 아프리카』 등이 있다.

책갈피 속에서

「잠자리 날다」 시 사이에 끼워 보내준
서정춘 시인의 시과寅果를 일 년 만에 꺼내어 보네
아, 어쩌면,
화선지에 싸인 단풍 씨앗에서
벌레 두 마리가 기어나오는 것이 아닌가
자연의 픽션, 생명은 생명을 낳고 껍질은 속살을 안고
나무는 잠자리를 품고 사라져가는 것에게
묵념하고.

시인은 벌레를 키우며 아직도 부화하고 있네

책갈피 안에 납작하게 눌려 파르르 떨고 있는
글자인지 마른 잎인지
책이 오래되면 글자끼리 눈이 맞아
애벌레가 나오는지
따뜻한 시선이 지금 가까이 있네

—『낮잠 속의 롤러코스터』, 시평사, 2005.

이
상
인

전남 담양 출생. 1992년 『한국문
학』으로 등단. 시집으로 『해변주
점』『연둣빛 치어들』『UFO 소나
무』『톡, 건드려 주었다』 등이 있다.

대숲에서 지하철 타기
― 서정춘 선생님께

대낮에 들어서도 미명의 어둠이다.
돌아설까 마음먹으면
곧게 뻗은 무수한 과거들이
딱 딱 이마를 쳤다.
그 과거를 붙잡고 발 내디디면
스스럼없이 부서지는 시간의 대가지
결국은 몽땅 잘리고 발목만 남은
욕심껏 뭉쳐진 옹이들이
발부리를 잡아챘다.
멀리 가까이 뿌연 밖이 보이지만
살아갈수록 혼미한 꿈결처럼 아득하다.

이곳에선 눈을 뜨면 뜰수록
눈을 감게 되는 것
모든 내장을 깨끗하게 들어낸
자신의 텅 빈 안을 들여다보며
내면의 귀를 열고 서 있을 때
땅속으로 거미줄처럼 연결된
거침없이 달리는 대뿌리,
그 생생한 지하철을 집어탈 수 있을 것

지하철역마다 꽂아둔 푸른 깃발

23

대나무들이 나부낀다.

— 『시사사』, 2006. 7~8월호.

위
상
진

대구 출생. 1993년 『시문학』 신인상
으로 등단. 시집으로 『햇살로 실뜨
기』 『그믐달 마돈나』 등이 있다.

서정춘, 혹은 춘정

처음엔 그의 시를 책상에 앉아 읽다가
어느새 바닥으로 내려와 읽네
어둠이 불을 켤 때는
방구석에 쪼그리고 앉아
결국엔 무릎을 꿇고 앉아
그가 쏟아낸 피를 받아낼 수밖에
그때 새벽이 손을 내밀며
내게로 걸어 들어왔지

시, 열 여자를 만나면
시, 아홉 여자가 나를 버렸다
시, 한 여자도 곧 나를 버릴 것이다*

봄춘,
그 詩詩한 여자에게 버림받지 않으려
더운 피를 사발로 쏟아내는
춘정 같은
파르티잔 같은

—『시와상상』, 2007. 여름호.

* 시집 「귀」 서문에 쓴 서정춘 시인의 말.

25

허
형
만

1945년 전남 순천 출생. 1973년『월
간문학』에 「예맞이」를 발표하며
등단. 시집으로『淸明』『비 잠시
그친 뒤』『영혼의 눈』『그늘이라는
말』『가벼운 빗방울』『황홀』 등이
있다.

서정춘 시인

봄 햇살이 귓불을 간지럼 태우던 날
약속 시간보다 늦으신 서정춘 시인 손에는
연보랏빛 작은 꽃 한 무더기 쥐어 있었습니다
어린애처럼 좋아서 목소리도 떨리는
얼굴에도 한 무더기 꽃물이 뽀얗게 젖어 있었습니다
왜 늦으셨냐고 차마 타박할 수가 없어서
대뜸 한마디 던졌더니 대답이 걸작이었습니다
웬 개불알꽃? 그냥 이뻐서.
서정춘 시인 상경하고 한 철이 지나갑니다
그 꽃 안녕하신지 여직 문안도 못 올렸습니다

—『시로여는세상』, 2007. 가을호.

김
영
탁

1959년 경북 예천 출생. 1998년 『시안』으로 등단. 시집으로 『새소리에 몸이 절로 먼 산 보고 인사하네』 『냉장고 여자』 등이 있다.

서정춘 돋보기*
— 오! 마이 베이비

돋보기를 쓴
서정춘 시인이 그랬다
김상미 시인을 보고
심언주 시인을 보고
전라도 순천 찬새미골 억양에 음악적으로 완벽한 영어로
오! 마이 베이비
외쳤다

그때, 부산 태생인 정상하 시인이 뒤를 돌아보자 그는 그랬다 "형수!"라고 "꼭 우리 고향 형수랑께~" 돋보기가 웃고 그녀가 눈을 흘겼다 흘기는 순간 "오! 마이 베이비!"가 되었다 모두 웃었다

2006년 현대시학 송년회 밤이었다
모두 예술적으로 귀여웠다

난 그날 몸살이 왔다

—『다층』, 2007. 가을호.

* 서정춘, 시 「초로」에서 빌려옴: "나는 이슬방울만 보면 돋보기까지 갖고 싶어진다 / 나는 이슬방울만 보면 돋보기만한 이슬방울이고 / 이슬방울 속의 살점이고 싶다"

이
시
영

1949년 전남 구례 출생. 1969년 〈중
앙일보〉 신춘문예에 시조가, 『월간
문학』 신인작품공모에 시가 당선
되어 등단. 시집으로 『만월』 『바람
속으로』 『길은 멀다 친구여』 『이슬
맺힌 노래』 『무늬』 『사이』 『조용한
푸른 하늘』 『은빛 호각』 『바다 호
수』 『아르갈의 향기』 『우리의 죽은
자들을 위해』 『경찰은 그들을 사람
으로 보지 않았다』 『호야네 말』 『하
동』 등이 있다.

시인이라는 직업

금강산에 시인대회 하러 가는 날, 고성 북측 입국심사
대의 귀때기가 새파란 젊은 군관 동무가 서정춘 형을
세워놓고 물었다. "시인 말고 직업이 뭐요?" "놀고 있습
니다." "여보시오. 놀고 있다니 말이 됩네까? 목수도
하고 노동도 하면서 시를 써야지……" 키 작은 서정춘
형이 심사대 밑에서 바지를 몇 번 추슬러올리다가 슬그
머니 그만두는 것을 바다가 옆에서 지켜보았다.

—『우리의 죽은 자들을 위해』, 창비, 2007.

문
인
수

1945년 경북 성주 출생. 1985년 『심
상』 신인상으로 등단. 시집으로
『뿔』『화치는 산』『동강의 높은 새』
『쉬!』『배꼽』『적막 소리』『달북』
『나는 지금 이곳이 아니다』 등이
있다.

지네
— 서정춘전傳

어머니는 그때 만삭에 가까웠다.
아버지와 어떤 사내가 드잡이를 하고 있었다.
어머니가 한사코 싸움을 말렸는데 그만
누군가의 팔꿈치에 된통 떠받쳐 벌러덩 자빠져버렸
다.

나는 태중에서부터 늑골 아래가 아파 몹시 울었다.
세상에 툭, 떨어지자
냅다 더 큰 소리로 울었다. 잠시도 그치지 않고
새파랗게, 새파랗게 질리며 울었다.
1941년생, 나는 아직도 피고름 짜듯 가끔, 찔끔, 운다.

난 지 삼칠일 만에 늑막염 수술을 받았다.
난 지 두 돌 만에 어머니가 죽었다.
마부 아버지와 형들은 모두 거구였지만 배냇앓이 때
문일까, 젖배를 곯았기 때문일까, "나는 평생
삼단三短이다. 체구가 작고, 가방끈이 짧고, 시인 정
아무개의 말처럼
'극약 같은 짧막한 시'만 쓴다."

가난이야 뭐 본래대로 바짝 웅크린 채 견디면 된다.

당시엔 당연히 가슴 쪽에 나 있던 수술자국이 이 시각,
　　왼쪽 등 뒤 주걱뼈 한뼘 아래까지 와 있다. 생각건대,
　　이 징그러운 흉터야말로 몸을 두고 공전하는 기억이
지 싶다. 궂은날,
　　지금도 수천의 잔발로 간질간질간질간질 세밀하게
기면서
　　씨부럴,
　　썩을놈의 슬픔이 또, 온다, 간다.

―『배꼽』, 창비, 2008.

문
인
수

서정춘

1945년 경북 성주 출생. 1985년 『심
상』 신인상으로 등단. 시집으로
『뿔』 『해치는 산』 『동강의 높은 새』
『쉬』 『배꼽』 『적막 소리』 『달북』
『나는 지금 이곳이 아니다』 등이
있다.

그가 참 웅크리고 운다.
말똥냄새 파고드는 것처럼 웅크리고
울다가, 마부 아버지 염해드리는 것처럼
꽁꽁 안아들이는 것처럼
웅크리고 울다가, 잤다. 아침 일곱 시에 깨,
덜 깬 술에 또 술 들어가니까 참말로
해장이 되는구나. 길고 긴,
질긴 끈 같은 간밤 울음이 도로
죄 풀려나온다. 아코디언, 아코디언 같다.
웅크린 그의 등짝이 지금
가난만큼 최소한으로 준다.

—『배꼽』, 창비, 2008.

31

정
끝
별

막고 품다

1964년 전남 나주 출생. 1988년 『문학사상』 신인발굴 시부문 신인상에 「칼레의 바다」 외 6편의 시가 당선되어 등단. 시집으로 『자작나무 내 인생』 『흰 책』 『삼천갑자 복사빛』 『와락』 『은는이가』, 비평집 『패러디 시학』 『천 개의 혀를 가진 시의 언어』 『파이의 시학』 등이 있다.

김칫국부터 먼저 마실 때
코가 석자나 빠져 있을 때
일갈했던 엄마의 입말, 막고 품어라!
서정춘 시인의 마부 아버지 그러니까
미당이 알아봤다는 진짜배기 시인의 말을 듣는
오늘에서야 그 말을 풀어내네
낚시질 못하는 놈, 둠벙 막고 푸라네
빠져나갈 길 막고 갇힌 물 다 푸라네
길이 막히면 길에 주저앉아 길을 파라네
열 마지기 논둑 밖 넘어
만주로 일본으로 이북으로 튀고 싶으셨던 아버지도
니들만 아니었으면,을 입에 다신 채
밤보따리를 싸고 또 싸셨던 엄마도
막고 품어 일가를 이루셨다
얼마나 주저앉아 막고 품으셨을까
물 없는 바닥에서 잡게 될
길 막힌 외길에서 품게 될
그 고기가 설령
미꾸라지 몇 마리라 할지라도
그 물이 바다라 할지라도

—『와락』, 창비, 2008.

상
희
구

1942년 대구 출생 1987년 『문학정
신』 신인상으로 등단 시집으로 『요
하의 달』『발해기행』『숟가락』『대
구』『권투선수 정복수』 등이 있다.

서정춘

이 사내 좀 보소
風葬한 것 겉은
앙상하게 바스러진
가슴패기를 한번씩 열어젖히는데
허연 낮달이 거기 먼저 들어와 앉는다.

입에는 붉은 구슬,*
가슴속에는 사금파리
서 말씩이나 품고
매일 꾸정물에 멱 감으면서
하루에도 열 번은
더 成佛하는 사내.

— 『숟가락』, 천년의시작, 2008.

* 김관식의 시에서.

33

박
남
철

1953년~2014년. 경북 영일 출생.
1979년 『문학과지성』에 시 「연 날
리기」 등을 발표하면서 등단. 시집
으로 『지상의 인간』 『반시대적 고
찰』 『용의 모습으로』 『러시아집 패
설』 『생명의 노래』 『자본에 살어리
랏다』 『바다 속의 흰머리뫼』 『제1
분』 등이 있다.

다비식
— 황순원 선생님 7주기 영전에

1. 이혼 또는 맞선

그때 집사람은 전생에서부터 한이 아주 많은 사람이
라는 듯한, 표정을 하고 내게로 다가왔다. 아니, 내게로부
터 도망쳐 갔다.

나는 물에 빠진 사람이 지푸라기라도 잡는 듯한, 심정
으로 그때 공군 병장인가로 휴가 나온 작은처남과 함께
영덕군 지품면으로까지 집사람을 찾으러 갔었다.

그리고 이제 이혼했다.

2. "아프지 마이세이……"

이혼을 한 집사람이 해미르와 함께 캐나다로 떠나면
서, 남기고 간 말이다.

3. 다비식

방바닥에 떨어져 있는, 내 머리칼들을 쓸어 재떨이에

담아 또 조그만, 다비식을 해본다.

바지직 타들어가는 머리카락들;
사람 타는 냄새, 사람 타는 냄새, 오, 내가 타는 냄새!

오늘도 내가 나 아님을 다시금 또 깨닫는다.

서정춘 시, 장사익 노래, "여행"
<embed src="http://www.childmonk.com/zb41/data/jang
music/0401.asf" loop="true">

여기서부터, —멀다
칸칸마다 밤이 깊은
푸른 기차를 타고
대꽃이 피는 마을까지
백년이 걸린다

4. 나는 없다

내, 이런 얘기까지는 차마,
처음으로 한번 해보자는 것인데……

그 어떤 문학상 수상자 명단을 보아도, 나는 없다,
는 것이다.

그 어떤 신인상 심사위원 명단을 보더라도, 나는 없다,
는 것이고;
또 그 어떤 신춘문예 심사위원 명단을 보더라도;
나는 당연히 또 없더라, 는 것이다.

(그 누군가가 내게, "나중에…… '심사'도 하게 된
다……"
라는 말씀을 '수고가 많고, 미안하다!'라는 뜻 삼아;
친절하게도 내게, 해주셨더란 말인가?)
또 그 어떤 특집이나 표지들을 보더라도 대개, 나는
없기 마련이더라, 는 것이고;
(아암…… 요즘 내가 등단한 어떤 잡지의 '후신'의
논조에는;
그 어떤 '대학교수 시인'에 대하여 '위대한 중견시인';
이란 '욕'까지도 공공연하게 해대더라, 는 것이다
……^^)))!

그 어떤 시집의 '표4'의 단평을 보더라도, 나는 도저히

없기 마련이라는 것이고;

　그 어떤 신문의 인터뷰를 보더라도, 나는 도저히 있을
수가 없기 마련이더라는 것이고;

　심지어는, 우리 어머님 장례식장에서마저도, '맏상제'
인 나는;
　도무지 보이지도 않아야만 했더라, 는 것이다!
　(이하 생략)

—『제1분』, 문학수첩, 2009.

웃고 가는 신발 한 짝
― 서정춘 선생님의 「허시(虛詩)」에 차운하여

이
경

1954년 경남 산청 출생. 1993년 『시와시학』으로 등단. 시집으로 『소와 뻐꾹새소리와 엄지발가락』 『흰소, 고삐를 놓아라』 『푸른 독』 『오늘이라는 시간의 꽃 한 송이』 등이 있다.

타고 남은 서까래 그
게으른 문장의 갈비뼈로
복사꽃 한 채를 복원하는 일 가능할까 몰라

천년 묵은 복사꽃
복사꽃 가지 올려다보는 각도에서 어림잡은 기왓장 용마루
절 한 그루터기를 읽어내는 일 가능할까 몰라

활활 타는 독경소리
앗, 뜨거라 귀조차 태워버리고
한 발 헛딛는 바람에 천년 꽃잎의 재를 뒤집어쓰는 꼴이

무엇이 재미있다는 건지 껄 껄 껄 학의 어깨를 치켜들고
술 묻은 수염으로 웃고 가는
신발 한 짝

―『유심』, 2010. 11~12월호.

이
규
배

1964년 전북 여산 출생. 1988년 시 동인지 『80년대』 2집으로 등단. 시집으로 『투명한 슬픔』 『비가를 위하여』 『아픈 곳마다 꽃이 피고』 『사랑, 그 뒤에』 등이 있다.

일행독일잔음一行讀一盞飮
— 서정춘의 「봉선화」* 읽기

한 줄 읽고 한 잔, 한 줄 읽고 또, 한……, 잔

열 손가락 끝 내려다보면 아홉 손톱 끝 발그레

누님 얼굴, 누님, 남국南國으로 시집간

눈이, 눈이 큼지막한…….

— 『아픈 곳마다 꽃이 피고』, 동랑커뮤니케이션즈, 2010.

* 너는 가난뱅이 울 아비의 작은딸 // 나의 배고팠던 누님이 아이보개 떠나면서 보고 보고 울던 꽃 // 석양처럼 남아서 울던 꽃 울던 꽃
— 「봉선화」 전문.

나
기
철

1953년 서울 출생. 1987년『시문
학』으로 등단. 시집으로『섬들의
오랜 꿈』『남양여인숙』『뭉게구름
을 뭉개고』『올레 끝』『젤라의 꽃』
『지금도 낭낭히』 등이 있다.

또 안경

책상에 앉아 서정춘의 시를 읽다가 아내가 불러 안경
을 벗어두고 나갔다 다시 안경 쓰고 시를 보니 활자가
너무 커졌다

어머니가 돋보기 어디 갔느냐고 하신다
'이 강산 낙화유수 흐르는 봄에'

—『올레 끝』, 서정시학, 2010.

조
영
일

1944년 경북 안동 출생. 1975년 『월
간문학』으로 등단. 시집으로 『바람
길』 『마른강』 『시간의 무늬』 등이
있다.

독자와의 만남

봄, 파르티잔을 펴낸 서정춘 시인

문학관 세미나실 공간 서늘하게

연분홍 치마 날리는 노래 쏟아 놓는다

— 『시조세계』, 2011. 가을호.

하
종
오

1954년 경북 의성 출생. 1975년 『현대문학』 추천으로 등단. 시집으로 『벼는 벼끼리 피는 피끼리』 『정』 『님』 『지옥처럼 낯선』 『국경 없는 공장』 『아시아계 한국인들』 『남북상징어사전』 『남북주민보고서』 『세계의 시간』 『신강화학파』 『초저녁』 『국경 없는 농장』 『신강화학파 12분파』 『웃음과 울음의 순서』 『겨울 촛불집회 준비물에 관한 상상』 『죽음에 다가가는 절차』 『신강화학파 33인』 등이 있다.

비상금
— 서정춘 시인의 사담을 듣고

가난한 시인인 아버지가
문인방북단의 일원으로 북한 다녀오겠다 하니
시집간 가난한 젊은 딸이
손지갑 깊숙이 간직하던 비상금을 털어 환전한
몇 십 달러를 손에 쥐여주더라고
나에게 귓속말했다

북한에서 저녁을 맞은 남한 문인들이
노래방 가서 마이크 잡고 노는데
서빙 하는 북한 처녀가
시집간 딸보다 더 가난하게 보여
시인은 아무쪼록 비상금으로 간직하라고
몇 십 달러를 손에 쥐여주었다며
나를 보며 씁쓰레했다

그리고 나서 남한으로 돌아오는 날까지도
시인은 그 북한 처녀를 다시는 보지 못하고
기념품 사는 남한 문인들만 구경했다고 덧붙였다
선물 하나도 마련하지 못하고 귀가해서
시집간 가난한 젊은 딸에게 한없이 미안하더라며
시인이 싱긋, 웃기에 나도 싱긋, 웃었다

— 『남북상징어사전』, 실천문학사, 2011.

박
종
국

1997년 『현대시학』으로 등단. 시집
으로 『집으로 가는 길』『하염없이
붉은 말』『섬은 섬을 말하지 않는
다』『새하얀 거짓말』『누가 흔들고
있을까』 등이 있다.

서정춘
— 수화기 저쪽에서

수화기 저쪽에서
가난이 슬픔이 바닥을 치는 소리

편안하시냐고 전화를 했더니
이불 속이 이렇게 아늑할 수 없다고
세 끼 밥 먹는 일이 이렇게 편안할 수 없다고
찰라 찰라가 이렇게 찬란한 줄
미처 몰랐다고 말한다
술냄새 말똥냄새 풍기며 웅크리고 앉아
울고 웃던 가난이 슬픔이 짧은 시를 쓰듯 말한다
따뜻한 봄날
낮은 곳으로 낮은 곳으로만 흘러가는 강물
찰랑찰랑 잔물결에 반짝이는 물별같이 말한다

한 모랭이 두 모랭이 지나
은빛 날개 반짝이는 소리
서정춘이 간다

— 『문학청춘』, 2012. 가을호.

정
진
규

지팡이를 찾다

1939년~2017년. 경기도 안성 출생. 1960년 〈동아일보〉 신춘문예에 「나팔서정」이 당선되어 등단. 시집으로 『마른 수수깡의 平和』 『有限의 빗장』 『들판의 비인 집이로다』 『별들의 바탕은 어둠이 마땅하다』 『몸詩』 『알詩』 『도둑이 다녀가셨다』 『껍질』 『우주 한 분이 하얗게 걸리셨어요』 『모르는 귀』 등이 있다.

  시인이라는 서정춘이가 부러뜨려 후소헌 개천에 던진 아버지 유품 내 지팡이를 마침내 찾았다 그의 의지가 아니라 술심이었던 게 틀림없었겠으나 잘했다 잘했어, 내가 시켰다 내가 아버지를 배반했다 부처를 만나면 부처를 치고 애비를 만나면 애비를 쳐라! 그 지팡이는 마침내 부러진 내 한쪽 다리였다 쓸모가 없는 나를 내 한쪽을 그때까지 버리지 못하고 있었다 擧事를 치뤘다 계속 자랑하고 다녀라 고맙구나 보체리 마을회관 앞 게시판에도 크게 게시해 놓겠다 서정춘, 너의 그 不隨意筋에 은혜 입었다 나는 지팡이가 더듬이다 새 지팡이를 얻었다 나는 새로 山川을 읽고 있다 讀萬卷書 行萬里路하고 있다

—『예술계』, 2012. 겨울호.

박
기
섭

1954년 대구 출생. 1980년 〈한국일
보〉 신춘문예로 등단. 시집으로 『키
작은 나귀타고』 『默言集』 『비단 형
겊』 『하늘에 밑줄이나 긋고』 『엮음
愁心歌』 『달의 門下』 『角北』 등이
있다.

竹篇*을 읽고

서정춘의 시를 읽다 댓잎 같은 은어떼 본다
아무래도 이승은 아닌 훗승쯤의 어느 여울목
그것도 다 저녁답에 맨발로나 건너야 할,
시간 속에 환히 박힌 가시도 가시지만
아무래도 가을볕 아닌 중년의 허기꺼정도
우리네 시골 촌수로 먼 아재비뻘쯤 되는,

— 『하늘에 밑줄이나 긋고』, 만인사, 2003.

* 등단 28년 만에 펴낸 서정춘 시인의 시집.

45

장
이
지

생활의 안쪽 2

1976년 전남 고흥 출생. 2000년 『현대문학』 신인추천으로 등단. 시집으로 『안국동울음상점』 『연꽃의 입술』 『라플란드 우체국』 『레몬옐로』, 평론집으로 『환대의 공간』 『콘텐츠의 사회학』 『세계의 끝, 문학』 등이 있다.

서정춘 선생님의 시 「말」에 관한 일화입니다만,
선생님은 「CD」라는 시를 쓰려다가
여든네 번이나 실패하고는,
막걸리를 진탕 마시고 울었다고 합니다.
더는 시를 못 쓸까 봐…….
울다가 지쳐서 잠들었다가
다시 일어나서 쓴 시가 「말」입니다.
"말이 달린다
ㄷㄹ ㄷㄹ"*

마부셨던 선친의 호주머니에 손을 찔러보고는
사탕이 없다고 투정 부린 날을 떠올리며
달리는 말,
아니, 말의 다리를 그려본 것인데,
이런 생각을 했습니다.

이 재미있는 '말의 다리'를
서정춘 선생님은
아버지에게 보여주고 싶었구나.
응석을 부리고 싶었구나.

아버지의 허름한 외투주머니 속처럼

깊디깊은 생활의 안쪽이
시에 덧대어져 기워지는 순간…….

이것도 서정춘 선생님의 영업 비밀인지 모르지만,
제가 하나 더 가르쳐드리겠습니다.
막걸리는 사발에 입을 대고는
세 번은 빨아야 맛이랍니다.

슬픈 것은 밑에 갈앉아 있는 것일까요?
여러분, 여러분,
응?

—『라플란드 우체국』, 실천문학사, 2013.

* 서정춘, 「말」 부분.

이
만
주

1949년 서울 출생 시집으로 『다시
맺어야 할 사회계약』『삼겹살 애가』
등이 있다.

옛날 옛적의 백석시집

"서정춘!
너, 시인이 되고 싶다고 했냐?

그럼, 이건 비밀이다
그러니 조심해라

이것을 읽었다고 하면
준 나나
읽은 너나
다 빨갱이로 걸린다"

어둑한 골방에서
은밀히 전해 받은 필사본

두근거리며, 다 읽었는데도
어디에도 빨간색은 없었다
시립도록 정겨운
고향의 하얀색 돌만 있었다

옛날 옛적
그런 때도 있었다

—『다시 맺어야 할 사회계약』, 다미르, 2015.

이
만
주

1949년 서울 출생. 시집으로 『다시
맺어야 할 사회계약』 『삼겹살 애가』
등이 있다.

서정춘 시인이 들려준 옛 이야기

육자배기 잘 부르고
호쾌하고
씨름장사이던 마부 아버지

사춘기의 의붓아들이랑 싸우던
속 착한 계모

빨치산 출신 두 여자를 한집에 데리고 살던
전향한, 빨치산 출신의 외팔이인 아버지 친구

일본 유학해, 음악전문대학을 나오고도
풍금 조율이나 하면서
퇴기와 근근이 살며
구상具常 시인의 친구라던
월남한, 평양 부자의 아들인 아버지 친구

한 명은 왼쪽이요
다른 한 명은 오른쪽이요
아버지는 왼쪽도 오른쪽도 아니었다

그래도 그들은 막걸리 한 주전자에
평화스러웠다

이제는 잊혀진 먼먼 옛날이야기

그들도 남도의 한쪽 귀퉁이
이 땅을 살고 갔다

　　　　　　　　　—『다시 맺어야 할 사회계약』, 다미르, 2015.

박
노
정

1950년~2018년. 경남 진주 출생.
1980년 『호서문학』으로 등단. 시집
으로 『바람도 한참은 바람난 바람이
되어』『늙이고 노래며 사랑이던』
『눈물 공양』『운주사』 등이 있다.

서정춘

키 작고
시 짧고
가방끈 짧은
순천 토종 서정춘 시인
가슴엔 하루 종일 겹나게
습배인 슬픔, 카톡으로
실어 나르는 독백 골골샅샅
역사를 다시 쓰는

—『운주사』, 필북스, 2015.

박
광
영

2014년 『시와정신』에 「호시노 미치오」 외 4편을 발표하며 등단.

푸른 말똥의 시인을 생각하다 1

용당교 아래에 앉아 물소리를 듣는다

갈대 아래를 지나는 물은 고요하다

어도魚道를 지나는 물은 몸을 비틀며 큰 소리를 낸다
이리저리 부딪히며 신음소리를 낸다

서정춘 선생은 등단 28년 만에, 『죽편』 시집을 내었다.
헛간에서 무쇠 칼을 갈다가 은장도가 되고 나중에는
은어 새끼가 되어 파닥대는 꿈을 세 번이나 꾸었다고
했다. 닳아지는 것과 벼리는 것은 어떤 차이일까 헛간에
쭈굴치고 앉아 마냥 갈면 은어가 될 날이 올까

가슴 밑바닥 퐁당퐁당 솟은 요철들은 닳아지기는 하
는 걸까
다리 아래에서 기다려 볼 참이다
저 졸졸거리는 물에서 푸른 말똥의 냄새가 날 때까지

—『전남문학』, 2016. 봄호.

이
시
영

여기가 이젠 내 고향

1949년 전남 구례 출생 1969년 〈중앙일보〉 신춘문예에 시조가, 『월간문학』 신인작품공모에 시가 당선되어 등단. 시집으로 『만월』 『바람 속으로』 『길은 멀다 친구여』 『이슬 맺힌 노래』 『무늬』 『사이』 『조용한 푸른 하늘』 『은빛 호각』 『바다 호수』 『아르갈의 향기』 『우리의 죽은 자들을 위해』 『경찰은 그들을 사람으로 보지 않았다』 『호야네 말』 『하동』 등이 있다.

그 시절 사는 게 모두 어려웠지만 정춘이 형 순천 중앙극장 목소리 고운 장내 아나운서 꼬드겨 밤기차 타고 서울로 서울로 도망치던 때의 콩닥이던 심정은 어떠했을까. 청계천이라나, 하여간 썩은 물 흘러가던 시커먼 판자촌 사글셋방에 이불 짐 부리고 담배 한 가치 맛있게 태우고 나서 바람벽 기대어 떨고 있는 처자에게 등 돌리며 큰 소리로 외쳤다지. "여기가 이젠 내 고향!"

—『하동』, 창비, 2017.

이
종
암

서정춘론

1965년 경북 청도 출생 1993년 『포항문학』으로 등단. 시집으로 『물이 살다 간 자리』 『저 쉼표들』 『몸꽃』 등이 있다.

전라 순천만 사람
가난한 소작의 아들
일찍 어머니 잃고
헛헛한 마음에 무작정 상경하여
죽편의 언어 하나 붙들고
피리 불며 평생 길 위를
걸어가는 사람
한국문학사 속으로

—『시와경계』, 2018. 봄호.

텅

나
기
철

1953년 서울 출생. 1987년 『시문학』으로 등단. 시집으로 『섬들의 오랜 꿈』 『남양여인숙』 『뭉게구름을 뭉개고』 『올레 끝』 『젤라의 꽃』 『지금도 낭낭히』 등이 있다.

서정춘: 난 시가 안 돼 허탈하구먼.
　　　　청탁은 오고.
　　　　여보게 시나 한 편 꿔줄 수 없겠나?

　　나: 하하, 그럴 수 있다면 오죽
　　　　좋겠습니까만 꿔드릴 시가
　　　　없네요. 곳간이 비어.

　　　　　　　　　—『지금도 낭낭히』, 서정시학, 2018.

조
기
조

1963년 충남 서천 출생 1994년 제1
회 〈실천문학신인상〉으로 등단. 시
집으로 『낡은 기계』 『기름美人』 등
이 있다.

겨울과 시
— 서정춘 시인의 집

시를 선뵌 지 반백 년 된
시인의 집

책상 위엔
마무리 짓지 않은 단시 한 편

혹한 냉골

간이침대엔
앓는 소리 몇 행

창밖엔 언 밥알을 쪼는
때까치 한 마리.

— 『자음과모음』, 2018. 여름호.

맹
문
재

1963년 충북 단양 출생. 1991년 『문
학정신』으로 등단. 시집으로 『먼 길
을 움직인다』 『물고기에게 배우다』
『책이 무거운 이유』 『사과를 내밀
다』 『기운 어린 양들』 등이 있다.

그해 봄 서정춘 만세가 있었네

대통령 탄핵 다음날
우리는 광화문광장에 모여 한바탕 만세를 부른 뒤
골목 식당에 들어갔네

대한민국 만세!
민주주의 만세!
한국작가회의 만세!
자유실천위원회 만세!

함께한 얼굴들도 서로 부르며 만세! 만세!

우리는 흥분을 가라앉히지 않고
한바탕 더 부른 뒤

서정춘 시인에게 <부용산>을 청했네

부용산 오리길에 잔디만 푸르러 푸르러……
부용산 봉우리에 하늘만 푸르러 푸르러

노랫말은 슬펐지만
시인의 목소리는 광장을 울릴 만큼 크고 당당해
우리는 노래가 끝나자마자

또다시 불렀네

서정춘 만세!

—『시인동네』, 2018. 9월호.

박
제
천

1945년 서울 출생. 1965~66년 『현
대문학』으로 등단. 시집으로 『장자
시』 『호랑이 장가가는 날』 『마틸
다』 『박제천 시전집』 『천기누설』
등이 있다.

금강산 요지경

2005년 금강산시인대회 참석차 금강산에 갔다
북쪽 군인이 입국대를 만들어놓고
시인들 줄을 세워 여권을 검사하며 얼굴을 살폈다

서정춘 시인에게 직업을 묻자, 없다고 한즉
무슨 일을 하느냐고 재우쳐 묻는다
그래도 없다고 하니,
버러지구나, 혼잣말을 하며 째려본다

그 다음 차례가 신중신 시인이었다
같은 식으로 문답이 오가더니,
신중신 시인이 버럭 소리를 질렀다
늙은이가 이 나이에 무슨 일을 하나,

시인들이 와아 웃고,
당황한 북쪽 군인이 손사래를 치며 지나가라 하고,
그 다음 차례인 나도 덩달아 지나갔다

배불뚝이 청년이 환하게 웃으며 성큼성큼 분계선을
넘어온다
똑같은 2018년, 며칠 전엔 총을 쏘아대더니.
오늘은 사진 찍는 소리, 박수소리만 요란하다

세상만사 사람 따라 요지경이다.

—『문학과사람』, 2018, 여름 창간호.

이
만
주

1949년 서울 출생. 시집으로 『다시
맺어야 할 사회계약』『삼겹살 애가』
등이 있다.

노시인의 사리

어휴, 징혀!

귀 떼고, 좆 떼고, 팔다리 자르고, 몸통 없애고
심장만 남았다

이 밤
생각난다

아부이와 마차
첫사랑 순금이
해 질 녘 와온* 바닷가

눈물이 괸다

몇 마디 토해내려
즈믄 해가 걸렸다

그 짧은 말이 삶이다

시詩의 도道가 빚은 영롱한 사리舍利들

— 『삼겹살 애가』, 다미르, 2018.

* 와온은 순천 해룡면 상내리에 있는 마을. 해넘이가 아름답기로 유명.

윤
희
환

1959년 전북 전주 출생. 시집으로
『간이역에서』『깊은 물속에 누워
있었네』 등이 있다.

시인 4
— 서정춘에게

뱀,
온몸으로 나아가듯이
삶 전체가 시가 된 사람——
짧은 2행시에 자신을 가둔 사람——
그 이름,
시인.

— 미발표작.

조
계
수

1992년 『문학예술』로 등단. 방송작
가로 활동.

정춘이 아저씨

열네 살 순천여중 이 학년 때였다
백일장 드나들며 만난 정춘이 아저씨 집은
학교 옆에 있었다
석유 등잔불 아래 중옷 입고 석불처럼 앉아
책을 보던 그에게 슬며시 습작시를 내밀면
보는 둥 마는 둥 싱거워만 했다
이른 봄 어느 날 시 쓰는 건우 아저씨랑
셋이서 동무 삼아 시오리 강둑을 걸었다
순천만 들목 목로주점에 들러 비자금 이십 원
다 내어주고 길고 긴 이야기 듣노라 저무는 줄 몰랐다
그해 다 지난 새해 아침에 정춘이 아저씨 신춘문예
당선 시 「잠자리 날다」가 신아일보 지면 가득
날개 단 별이 되어 날고 있었다
한걸음에 숨차게 달려간 곳은 그의 오두막집
방문 앞이었다
언뜻 봐도 눈에 익은 우리 언니 구두
한 짝을 사정없이 사립문 밖으로 날려버리고
뒤도 돌아보지 않는 채 줄달음쳤다
여고생이 된 목련꽃 환하던 날
학교길 오거리에서 우연히 마주쳤다
"니 요새 왜 안 오나?"
하기 싫은 대답이었지만

"내일 서울 가요, 숙대 백일장예요……"
"그으래? …… 안 될 것인디"
장원으로 받은 탁상시계 들고 가 우쭐한 자랑에도
말 한마디 없었기에
'이제 안 와, 진짜 안 와'
속으로 다짐하고 돌아섰는데
그날 밤 우리 집에 불어온 태풍!
말없는 우리 언니 흔적도 없고
시간은 강이 되어 흘러만 갔다
오십 년도 지난 오늘 아침에 택배로 날아온
시집 한 박스
"공부 좀 해봐라아——"
그때나 지금이나 같은 목소리
웃자라지 말고 뿌리 깊이 자라라고 시 쓰는 일에
무던히도 인색했던 형부가 된 정춘이 아저씨
그의 시 한 줄 한 줄 짚어 가는데
무심했던 지난 세월이 먼저 다가와
목울대를 건드린다
오늘 밤 나는 중학생 되어 초롱초롱 뜬눈으로
밤을 새운다
그 옛날의 날개 단 별이 창가에 와서
머물고 있다

— 미발표작.

이
│
수
│
원

새

— 서정춘

새
한 마리

물가에 앉아
고단한 생사生死를
쪼으고 있다

비늘도
살도
발라낸 골수
새기고 있다

줄탁동시
아득한 반여 엿듣는

1957년 서울 출생. 2004년 『한국작
가』에 「막걸리를 마시며」를 발표
하며 등단.

— 미발표작.

이
상
범

1935년 진천 출생. 1965년 〈조선일
보〉 신춘문예로 등단. 시집으로 『벌』
『신전의 가을』『풀꽃詩經』『초록
세상 하늘궁궐』『쇠기러기 설악을
날다』 등이 있다.

눈보라 속 듣는 말
— 서정춘 詩伯에게

그 머리는 눈 오기 전
솜털 빠진 억새머리

살아라 세 끼 먹을 수 있는
그곳이 바로 고향이다*

어디서 또 눈보라 친다
바람 속에 듣는 말

— 미발표작.

* 젊어서 고향을 떠나는 서정춘 시백에게 아버지가 하신 말씀.

홍
일
선

울음 공경

1950년 경기 화성 출생 1980년 『창
작과비평』 여름호에 「쑥꽃」 외 5편
으로 등단. 시집으로 『농토의 역사』
『한 알의 종자가 조국을 바꾸리라』
『흙의 경전』 등이 있다.

뜨신 쌀뜨물에

콩 한 바가지 넣어주시며

설날이니 너도 좋은 것

먹거라잉 하시던…… 아버지

긴 세월 마부였던

아비 몸에 밴 말 울음들

그 울음 공경하여

한 시인이 세상에 나왔나니

죽편* 태어나셨나니

— 미발표작.

* 서정춘의 대표작.

제 2 부

시 이야기 · 서정춘

이
문
재

들국화처럼 늦게 핀 새하얀 '시인의 꽃'

— 서정춘 시인, 등단 28년 만에 첫 시집 『죽편』 펴내

1959년 경기 김포 출생. 1982년 『시운동』 4집에 「우리 살던 옛집 지붕」 등을 발표하며 등단. 시집으로 『마음의 오지』 『내 젖은 구두 벗어 해에게 보여줄 때』 『산책시편』 『지금 여기가 맨 앞』 등이 있다.

어리고, 배고픈 자식이 고향을 떴다

── 아가, 애비 말 잊지 마라
가서 배불리 먹고 사는 곳
그곳이 고향이란다

— 서정춘, 「30년 전 ── 1959년 겨울」

여기서부터, ── 멀다
칸칸마다 밤이 깊은
푸른 기차를 타고
대꽃이 피는 마을까지
백년이 걸린다

— 서정춘, 「竹篇·1 ── 여행」

"어, 이상하다." 시 쓰는 후배라고 밝힌 한 젊은이로부터 전화를 받고 인사동에 나간 시인 서정춘 씨(55)는 어안이 벙벙했다. 후배 두엇과 술이나 한잔 걸치겠거니 하고 나선 밤길이었는데, '어라' 신경림 송영 김성동 이시영 정희성 김사인 강형철 씨 등 민족문학작가회의 문인 20여 명이 기다리고 있었다. 전혀 예상 밖이었다. 그는 (이번 시집에 발문을 써준 오랜 지기 신경림을

제외하면) "내 시를 환영할 사람들이 아닌데……"라는 속엣말을 웅얼거렸지만, 그의 가슴은 쿵쾅쿵쾅 뛰고 있었다.

서정춘 시인이 데뷔한 지 28년 만에 펴낸 첫 시집 『죽편』(동학사) 출판기념회는 저렇게 '사전 모의' 되었으니, 호탕한 술자리가 당연히 3차를 지나 새벽까지 이어졌다. 시와 시인이 엄연하게 살아 있음을 확인한 봄날의 '무박이일'이었다. 그날 밤 서정춘 시인은 울었다. "이 사람들, 정말 아름다운 사람들이구나. 이 세상 아직 아름답구나'라며 그는 시집 서문에서처럼 '흑! 흑!' 울었다.

시인들이 좋아하는 시가 가장 빼어난 시이다. 시 앞에서 가장 까다로운 존재들이 시인인 까닭이다. 『죽편』은 바로 시인들이 아끼는 시집이다. 문단에서는 "『죽편』 읽어봤는가?"라는 새로운 인사말이 돌고 있으리만큼, 서정춘의 시와 삶은 신선한 충격을 던지고 있다. 이 현상은, 시는 죽었다는 과거완료형 담론 앞에서 시인들이 무력해 있었다는 반증이기도 하다.

1968년 <신아일보> 신춘문예를 통해 데뷔해 '정년퇴직'할 나이에 첫 시집을, 그것도 단 35편만으로 시집을 냈다는 저널리즘의 수사는 그의 시집이 이룩한 작품성과는 무관하다. 『죽편』은 살을 다 발라낸 뼈의 형태를 가진 시들을 보여주지만, 그 뼈는 독자로 하여금 생생하게 살아 숨 쉬는 살, 그리하여 생명력으로 풍요한 몸과 만나게 한다. 박용래의 '따뜻한 서정'(내용)과 김종삼의 '언어 경제'(형식)가 하나의 몸을 이루어 그 발뒤꿈치를 들어올릴 때, 서정춘의 가장 빼어난 시 몇 편이 태어난다.

　시집 제목이 강력하게 환기하는 것처럼, 그의 시세계를 관통하는 이미지는 대나무이다. 「죽편·1」에서 서정춘의 대나무는 한 생애의 운명으로 넓어지면서 일대 전환을 거듭한다. 생애를 여행으로 인식한 시인에게 백년에 한번 핀다는 대꽃은 삶의 완성(혹은 죽음)일 것인데, '여기서부터' 그 완성까지는 멀다. '——'는 그 아득한 거리의 추상화^{抽像畵}이다.

　동시에 '——'는 누운 대나무, 즉 기차를 예비하는 것이니, 다음 행에서 수직의 대나무는 수평으로 누워 푸른 기차로 존재의 변이를 이룬다. 그 기차에는 밤이 타고 있다. 밤기차를 타는 사람들은 얼마나 사연들이 많은가. 밤기차를 타야 하는 우여곡절, 신산 고초인 삶이 마침내 도달해야 할 '대꽃이 피는 마을'은 언제나 유예된다. 이 대목에서 푸른 기차는 다시 수직으로 곧추서서 대나무로 복귀한다. 대나무·대꽃이라는 수직적 구도와 밤기차를 탄 삶·마을이 이루는 수평적 구도에서 시인은 생애의 근원적 풍경을 발견해내는 것이다.

　「30년 전」은 굳이 긴 설명이 필요하지 않다. 70년대에 이미 열 살이 넘어버린, 전전^{戰前}·전중·전후 세대들에게는 '그냥 온몸으로 젖어들' 이별 장면이다. 새벽, 언덕배기에서 망부석으로 서 있던 그 늙은 부모의 말대로 '가서 배불리 먹고 사는 곳'을 '어리고, 배고픈 자식'들은 기어이 찾아냈을까. 지금 그 자식들은 '고향'에서 안온한 중년일까. 「30년 전」은 고향을 떠나 도시로 이주한 모든 이들이 저마다 품고 있는 오래된 흑백사진인 것이다.

"시인 되기 위해 시 써선 안돼"

서정춘 시인의 삶은 「30년 전」과 「죽편·1」로 압축된다. 그는, 대꽃 피는 마을을 찾아 여기까지 달려온 '어리고 배고픈 자식'이었다. 41년 전남 순천에서 마부의 아들로 태어난 그는 매산중고 야간부를 졸업하고 68년 시인으로 데뷔할 때까지 줄곧 가난과 독학의 세월을 살아왔다.

아버지와 계모, 그리고 아버지의 친구들이었던 빨치산 '외팔이 장씨', 동경 제대 출신 조율사 '삐아노 최씨', 그리고 신문 배달을 하다가 우연히 집어들어 밤새 필사했던 영랑과 소월의 시집들이 그의 문학의 아버지들이었다. 그는 "시가 그렇게 좋은 것인 줄 상상도 하지 못했다. 시를 읽으면 현실의 고통이 말끔히 사라졌다"라고 당시를 돌이켰다.

중학교 3학년 때 외팔이 장씨의 서가에서 (분단 이후 80년대 후반에야 해금된) 정지용·백석·이용악·오장환을 다 읽었고, 구상 시인의 친구라는 피아노 최씨에게 정식 시인으로 인정받고 막걸리상을 마주한 것은 고등학교 때였다. 그러나 이 같은 문학적 이력과 독학으로 한 문학 공부는 그로 하여금 시를 너무 높은 경지에 올려놓게끔 했다. 시에 대한 결벽증이 극심했던 것이다.

그가 그동안 쓴 시는 70편 정도. 그나마 절반 이상을 버렸다. 시집을 펴낼 생각은 없었다. 만일 어쩌다 낸다면 20편쯤으로 묶을 생각이었다. 결벽증 탓이었다. 그가 첫 시집을 펴낸 날짜는 그의 정년퇴직 날짜와 일치한다. 지난 3월 31일, 28년 동안 봉직해온 동화출판공사에서 물러난 것이다. 데뷔한 이듬해, 고졸 학력 때문에 일자리를 구하지 못해 안달이던 그를, 당시 한국 소설 문학의 '미래'로 인정받고 있던 소설가 김승옥 씨가 소개해 입사한 직장이었다. 그는 참선하듯이 타고난 야생마(낭인) 기질을 깔고 앉아 한 직장에서 정년을 맞았다. "퇴직하고 나면 쓸쓸해질 것 같아, 한번 묶어 본 것이다. 20년 전부터 시집을 내자고 보채온 유재영(동학사 대표·시인)이란 친구가 아니었으면 그나마도 내지 못했을 것이다"라고 그는 말했다.

그를 아끼는 친구와 후배들이 열어주었던 인사동 출판기념회는 기실 두 번째 출판기념회였다. 그가 기획한 출판기념회는 순천에서 열렸다. 그는 막 나온 첫 시집을 들고 고향을 찾았다. 그를 낳고 키워준 고향 산천에 인사하고, 고향에서 문학을 공부하는 후배들에게 자극을 주기 위해서였다. 자신을 오늘까지 시인이게 해주었던 한마디 ── 시를 쓰기 위하여 시인이 되어야지, 시인이 되기 위해 시를 써서는 안 된다 ── 를 들려주고 싶었던 것이다.

첫 시집에 대한 문단의 반응을 그는 지금도 당혹스러워한다. 그 당혹감을 거짓말하다 들킨 심정이라고 말하는 그는, 정년퇴직한 출판인이 아니라 갓 데뷔한 문학청년처럼 보였다. 칼날 같은 결벽증 때문에 1년에 많아야 두어 편 시를 써온 그가 첫 시집을 낸 뒤 시 4편을 토해낸 것이다. 그는 시가 자꾸 튀어나와 두렵다고 말했다.

그의 시 「늦꽃」이 떠오른다. '들국화는 오래 참고
/ 늦꽃으로 핀다 / (중략) / 이 꽃이 / 가장 오랜 늦꽃이고
/ 꽃이지만 중생 같다'는 서정춘 시인의 '늦꽃'이 피어나
고 있다.

　　　　　　　　　　　　　　　—『시사저널』, 1996. 제349호.

안
도
현

혹독할 정도로 언어를 엄격하게 다루는 시인

1961년 경북 예천 출생. 1984년 〈동아일보〉 신춘문예로 등단. 시집으로 『서울로 가는 전봉준』『그대에게 가고 싶다』『외롭고 높고 쓸쓸한』『그리운 여우』『바닷가 우체국』『아무것도 아닌 것에 대하여』『너에게 가려고 강을 만들었다』『간절하게 참 철없이』『북항』 등이 있다.

아버지는 새 봄맞이 남새밭에 똥 찌끌고 있고

어머니는 어덕배기 구덩이에 호박씨 놓고 있고

땋머리 정순이는 떽끼칼로 떽끼칼로 나물 캐고 있고

할머니는 복구를 불러서 손자 놈 똥이나 핥아 먹이고

나는 나는 나는

몽당손이 몽당손이 아재비를 따라

백석 시집 얻어보러 고개를 넘고

— 서정춘, 「백석 시집에 관한 추억」

혹독할 정도로 언어를 엄격하게 다루는 시인이다. 등단 28년 만에 1996년 첫 시집을 내고, 올 봄에 두 번째 시집 『봄, 파르티잔』을 냈다. 말의 군더더기를 떼어내고, 감정의 불순물을 침전시키는 시인의 장인정신에 경외감을 갖지 않을 수 없다.

단순하고 유사한 통사 구조가 반복되고 있지만 참

맛깔스러운 시다. 그것은 시인이 곳곳에 의도적으로
전라도 방언을 배치해 놓았기 때문이다. 방언의 친근성
으로 말미암아 이 시는 한국인 전체의 추억을 길어올리
는 한 폭의 따뜻한 그림이 된다.

—〈중앙일보〉, 2001. 5. 24.

박
주
택

1959년 충남 서산 출생. 1986년 〈경
향신문〉 신춘문예로 등단. 시집으
로 『꿈의 이동건축』 『방랑은 얼마
나 아픈 휴식인가』 『사막의 별 아래
에서』 『카프카와 만나는 잠의 노래』
『시간의 동공』 등이 있다.

無碍와 劍制
— 서정춘 선생님께

　사람의 일은 참으로 몰라서 제가 이렇게 선생님께
편지를 드릴 줄은 정말 몰랐습니다. 오늘은 제가 성남에
있는 헌인릉에 다녀왔습니다. 아버지, 어머니를 모시고
어린 조카들과 오랜만에 마음 편하게 봄볕을 쐬고 왔습
니다. 왕벚나무 그늘 아래에서 돗자리를 깔고 진달래며
왕릉 잔디에 피어 있는 제비꽃, 때죽나무 아래 노랗게
피어 있는 민들레꽃을 바라보며 어김없이 저토록 봄은
오는데 우리가 기다리고 있는 것은 아직 이르지 못하고
있다는 별 뜻 없는 생각도 해보았습니다. 선생님! 불에
데인 손에 종내 남은 흉터는 마음에 다 비워내셨는지요?
그간 뵙지 못한 사이 술참에 들어 걸쭉히 잔을 비워내시
고 구성지게 한바탕 〈부용산〉을 부르기는 부르셨는지
요? 축하드립니다. 시집이 잘 꾸며져 있더군요. 외람된
말씀이지만 시집을 내지 않으셔도 평소 살아 있는 시
같다는 생각이 들었는데 막상 지으신 집을 보니 신기하
기도 했습니다. 『竹篇』 이후 또 몇 년 만이시지요? 자서에
씌어 있는 황벽선사의 시 "한 번 추위가 뼛속까지 스미지
않고는 / 어찌 진한 매화의 향기를 얻으리"에서와 같이
매화 같고 대나무와 같은 독종이 혹 선생님이 아니실는
지요? 광주의 술자리에서 혹은 인사동의 술자리에서
마치 육체를 갈아 말씀하시는 듯한 선생님의 편력을
경청해 이쯤 느끼는 것은 일도 아닙니다. 그리고 시집에

는 모두 33편이 실려 있는데 이렇게 적게 실으신 것은 어떤 연유가 있으신지요? 거기다가 시가 짧기까지 하니 좀 당황스러웠습니다. 세상에 대한 조소를 깊숙이 숨기신 채 칼로 우리의 목을 내리치시는 걸로 이해했습니다. 짧은 만큼 길게 새겨 읽게!라고 말씀하시는 것으로 들었습니다. "꽃 그려 새 울려 놓고/ 지리산 골짜기로 떠났다는/ 소식"(「봄, 파르티잔」 전문)에서는 계절의 이동을 통해 역사를 이끌어내는 것처럼도 보이지만 어쩐지 선생님의 가족사가 묻어 있는 것이 아닌가 하는 느낌도 들었습니다. 낭창낭창한 남도 방언과 유서 깊은 듯이 보이는 유년 왕국으로의 귀소 그리고 날이 푸르게 선禪的 사유, 그뿐만 아니라 「도마뱀」 연작과 「유리창」 「우리나라 수평선」 「고추잠자리」에서 보이고 있는 듣도 보도 못한 비유 등이 서로 어우러지면서 허공에 선생님의 "몸을 냅다" 쳐서는 맑은 "물소리를 쏟아내는" 것처럼 느껴졌습니다. 그것은 「저수지에서 생긴 일」에서와 같이 물고기가 숨 가쁜 잠행 끝에 자기 힘을 수면 위로 뿜는 큰맘 먹고 벌이는 "결행" 같기도 해보였습니다. "잠행"이 "결행"으로 읽혀졌습니다.

"새푸른 거울 속"에 감춘 사랑처럼 그 무엇인가를 감춘 듯 보이는 선생님의 시에서 이상하게도 남성성을 발견했다면 잘못 보았는지요?

「깊은 밤」 「백석 시집에 관한 추억」 「눈물 부처」 「봉선화」 등의 시편은 아늑하고 정겹고 슬프고 아름답습니다. 우리 시가 잃어버리고 있는 것들, 애써 외면하고 있는 것들을 선생님 연배다우시게 그려내고 있다는 생각이

들었습니다. '劍制의 시학'을 보여주고 계시는 선생님의 시, 오래도록 우리들 가슴에 되새겨지며 지금처럼 한껏 더 높이 읽혀지기를 기대하겠습니다. 선생님! 삶이 이토록 무상하고 평탄한 것은 아무것도 없어 더러운 욕심을 끌어내지 않으면 도저히 살아남지 못할 이 세간에서 오늘 하루도 저물고 어제와 똑같은 내일이 찾아와 새벽이 되었습니다. 어머니, 아버지 누워 잠을 주무시는 저 방에 제 뼈 어디쯤 갈아 어머니 심장병이며 아버지 병을 낫게 해드리고도 싶지만 제 상심도 어쭙잖게 깊어 연산홍 꽃잎이 붉습니다. 홍성에서 돌아오던 어느 여행길, 남도 창을 부르시던 것 기억하지요? 맺혀 있으면서 풀고 풀면서 맺는 선생님의 시처럼 표표히 자유로워 보였습니다. 無碍가 선생님을 표상하듯이 저는 어느 때나 반에 반만큼이나 좇을 수 있을는지요? 건강하시고 다음에 뵈면 자꾸 집을 지으려는 저를 나무라주십시오. 안녕히 계십시오.

—『현대시학』, 2001. 5월호.

30년 만에 첫 시집 낸 서정춘 형님께

이
시
영

1949년 전남 구례 출생. 1969년 〈중앙일보〉 신춘문예에 시조가, 『월간문학』 신인작품공모에 시가 당선되어 등단. 시집으로 『만월』 『바람 속으로』 『길은 멀다 친구여』 『이슬 맺힌 노래』 『무늬』 『사이』 『조용한 푸른 하늘』 『은빛 호각』 『바다 호수』 『아르갈의 향기』 『우리의 죽은 자들을 위해』 『경찰은 그들을 사람으로 보지 않았다』 『호야네 말』 『하동』 등이 있다.

오늘 아침 형님의 첫 시집 『竹篇』을 받아 우선 아름다운 장정과 형님이 시집을 다 내었다니 하는 놀라움에 단숨에 읽었습니다. 신경림申庚林 선생도 말했지만 30년 만에 35편의 시라니 참 놀랍고 저로서는 부끄럽기 짝이 없습니다. 한 편 한 편 뼈를 깎듯이 새겨놓은 그 공력 앞에 우선 경의를 표합니다.

젊은 날 애송해 마지않던 「잠자리 날다」에서부터 「30년 전」까지 어느 한 편도 형님의 더운 숨길과 서늘한 손길 스치지 않은 시가 없으니 또 한 번 놀랐고 특히 다음과 같은 시에서는 무언의 시학(!)이 빛나고 있어 동지를 만난 듯 반갑고 즐거웠습니다.

"어리고, 배고픈 자식이 고향을 떴다 // ─아가, 애비 말 잊지 마라/ 가서 배불리 먹고 사는 곳/ 그곳이 고향이란다"(「30년 전」 중).

제가 아직 초등학생이었을 적 대처를 향해 길 떠났을 한 청소년의 아픈 초상이 가슴을 서늘하게 해주었습니다.

─『현대시학』, 2001. 6월호.

이
승
원

7월의 거울

1955년 서울 출생. 1986년 『한국문
학』으로 등단. 평론집으로 『현대시
와 삶의 지평』『현대시와 지상의
꿈』『서정시의 힘과 아름다움』『초
록의 시학을 위하여』『폐허 속의
축복』『감성의 파문』『세속의 성
전』『시 속으로』『몰입의 잔상』 등
이 있다.

하늘 밑 바다 위에
빨랫줄이 보인다

빨랫줄 위에는
다른 하늘이 없고

빨랫줄에
빨래는 파도뿐이다

— 서정춘, 「수평선」

수평선을 시로 표현한 사람은 아주 많을 텐데 그것을
빨랫줄에 비유한 사람은 서정춘 시인뿐입니다. 왜 하필
빨랫줄이냐고요? 공중을 가로지른 빨랫줄 위에 푸른
하늘이 펼쳐져 있고 그 아래엔 크고 작은 빨래가 바람에
너울대는 장면을 예전에는 흔히 볼 수 있었습니다. 시인
은 하늘과 바다를 갈라놓은 수평선에서 파도가 빨래처
럼 펄럭이는 한 줄 빨랫줄을 떠올렸던 것이지요.

— <조선일보>, 2001. 7. 30.

김
혜
순

작으나, 질량은 큰 시, 33편
— 서정춘의 『봄, 파르티잔』

1955년 경북 울진 출생. 1979년『문학과지성』으로 등단. 시집으로 『또 다른 별에서』『아버지가 세운 허수아비』『어느 별의 지옥 』『우리들의 음화』『나의 우파니샤드, 서울』『불쌍한 사랑 기계』『달력 공장 공장장님 보세요』『한 잔의 붉은 거울』『당신의 첫』『슬픔치약 거울크림』『피어라 돼지』『죽음의 자서전』 등이 있다.

　　서정춘의 『봄, 파르티잔』에 실린 시들은 길이가 매우 짧다. 아무리 길어도 원고지 한두 장을 넘지 않는다. 그중에도 10행 이하짜리 시들이 대부분인 걸 보면, 아마도 시 짧게 쓰기 내기라도 하면, 그 누구도 서정춘을 당해낼 수 없을 것 같다. 사실, 시라는 것을 이 정도로 압축하기가 보통 쉬운 일이 아닐 것이다. 짧은 것을 길게 늘여 쓰기는 쉬워도, 긴 것을 이 정도로 줄이기는 보통 힘든 것이 아니다. 누구나 말하고 싶은 욕망을 줄이기는 힘든 법이니까. 그가 아무리 시인이라 할지라도 말이다. 우리나라에서 생산된, 서정춘 이전의, 이토록 짧은 시들을 개관해 보면, 김종삼이나 김춘수를 들 수 있을 것 같은데, 이들보다도 서정춘의 시가 더 짧은 편이다. 그들보다 서정춘이 시로서 더 할 말이 없어서일까? 그런 것은 아닌 것 같다.

　　김종삼이나 김춘수가 언어라는 '큰 있음'을 통하여 언어 이전의 '없음'을 지향해갔다면, 서정춘의 시는 '없음'을 통하여, 혹은 필요 없는 것의 과감한 생략을 통하여 오히려 농밀한 '있음'을 지향해간 시라고 말할 수 있을 것 같다. 즉 김춘수나 김종삼의 시가 우리들의 물리적인 귀로는 들을 수 없는 적막이 소리치는 시들이었다면, 서정춘의 시들은 하나의 이미지, 그 이미지에 대한 하나의 해석, 혹은 그 색이 진한 가락이 시 전체를 가득

메우게 하여, 하나의 짧고, 강력한 목소리가 우리들의 물리적인 귀에 들리도록 한 시들이었다는 것이다. 이를테면, "갑자기, 큰 물고기 한 마리가 저수지 전체를 한 번 들어올렸다가 도로 내립다 칠 때는 결코 숨 가쁜 잠행 끝에 한 번쯤 자기 힘을 수면 위로 뿜어 내보인 것인데 그것도 한순간에 큰맘 막고 벌이는 결행 같은 일이기도 하다"(「저수지에서 생긴 일」 전문) 같은 시행에서 우리는 누구도 시 속에 잠입할 수 없게 하는 시인 나름의 촘촘하고 강력한 이미지, 그 이미지를 해석하는 시인의 확신에 찬 목소리를 듣게 된다는 것이다. 김춘수, 김종삼이 서구적일 수도 있는 이미지를 통하여 동양화를 그리려 애썼다면, 오히려 서정춘은 동양적인 화재畵材를 사용하여, 서양화를 그린 것이라고 말할 수 있다는 것이다(시집의 서문에서도 그는 '칸딘스키'를 인용하고 있다). 그리하여 서정춘은 그 누구보다도 적은 수의 말을 사용하여, 하나의 이미지로 꽉 채운, 짙은 시들을 생산하고 있다.

—『포에지』, 2001. 가을호.

김
화
영

1941년 경북 영주 출생. 1964년 『세
대』 신인현상문예에 시 「과원」 당
선, 1965년 〈조선일보〉 신춘문예에
시 「육성」이 입선되어 등단. 지은
책으로 『문학 상상력의 연구』『소
설의 꽃과 뿌리』『시간의 파도로
지은 城』『한국 문학의 사생활』,
번역서로 『어린 왕자』『발라아빌
루』『어두운 상점들의 거리』『프라
하 거리에서 울고 다니는 여자』 등
이 있다.

이 수다스러운 시절

누군가가
<이 강산 낙화유수 흐르는 봄에>
문밖 세상 나온 기념으로
사진이나 한 방 찍고 가자 해
사진을 찍다가 끽다거를 생각했다
그 순간의 빈틈에
카메라의 셔터가 터지고
나도 터진다
빈몸 터진다
<이 강산 낙화유수 흐르는 봄에>

— 서정춘, 「낙화 시절」

　이 수다스러운 시절, 삼십 년에 한 번씩 짧은 시편들과
광대한 침묵을 묶어 얇은 시집을 내놓는 서정춘 같은
시인만 있다면 마침내 세상은 참 그윽해지겠네. 여백이
점점 더 넓어지는 이런 시 한 편 가슴에 담고 순간의
빈틈이나 사진 찍으며 한세상 살다 가도 좋겠네. "끽다
거"가 뭐지? 묻고 있는데 어느새 셔터가 터지고 돌아갈
시간이라네. 이 강산 낙화유수 흐르는 봄에. 늘 듣던
이 유행가에서 "흐르는" 것은 이 강산일까, 낙화유수일
까, 아니면 봄일까? 혹은 그 모든 것일까? 사진을 뽑아

보면 의문부호들만 가득히 흐르고 있겠네.

—『예감 — 시 눈뜨다』, 시와시학사, 2002.

고향이란 밥 먹여주는 곳

김
재
홍

1947년 충남 천안 출생. 1969년 〈서울신문〉 신춘문예에 평론 「한국 현대시 은유 분석론」이 당선되어 등단. 평론집으로 『현대시와 열린 정신』 『현대시와 역사의식』 『현대문학의 비극론』 『한국 현대시인 비판』 『생명·사랑·자유의 시학』 등이 있다.

어리고, 배고픈 자식이 고향을 떴다

── 아가, 애비 말 잊지 마라
가서 배불리 먹고 사는 곳
그곳이 고향이란다
　　　　　― 서정춘, 「30년 전 ─ 1959년 겨울」

　우리에게 삶이란 무엇입니까? 그것은 바로 밥 먹는 일이고 밥을 벌기 위한 노력이 아니겠습니까? 고향이란 또 어디에 있습니까?

　밥과 고향이란 나를 살게 하는 정신의 원동력이자 현실적인 추진력의 한 상징이 아니겠습니까? 그러니까 밥은 바로 고향일 수 있고 현주소가 될 수 있으며, 고향이란 정신적인 밥의 상징이 될 수도 있는 것입니다.

　얼마나 가난하고 어렵게 한평생을 살아왔기에 "배불리 먹고 사는 곳 / 그곳이 고향"이라고 아버지는 집 떠나는 어린 자식에게 비장하게 일러주었을까요. 삶이 바로 밥이며 밥 먹는 일이기에 고향이 어디 따로 있는 것이 아니라 배불리 밥 먹고 편히 살 수 있는 그곳이 바로 고향이라는 말을 유언처럼 남겨준 것이 아니겠습니까.

 그렇게 보면 이 시 속에는 밥 먹여주는 일터, 그곳이 바로 고향이고 밥 먹여주는 그분이 바로 고향의 어버이일 수 있다는 이 땅 가난한 어버이들의 안타까운 하소연이 담겨 있는 듯해 가슴이 아려오는군요.

—『별하나 나 하나의 고백』, 문학수첩, 2003.

남
진
우

박용래의 시적 분위기를 떠올리게 하는

1960년 전북 전주 출생. 1981년 〈동아일보〉 신춘문예에 시, 1983년 〈중앙일보〉 신춘문예에 평론이 당선되어 등단. 시집으로 『깊은 곳에 그물을 드리우라』 『죽은 자를 위한 기도』 『타오르는 책』 『새벽 세 시의 사자 한 마리』 『사랑의 어두운 저편』 등이 있다.

허드레

허드레

빨랫줄을

높이 들어올리는

가을 하늘

늦비

올까

말까

가을걷이

들판을

도르래

도르래 소리로

날아오른 기러기 떼

허드레

빨랫줄에

빨래를 걷어가는

분주한 저물녘

먼

어머니

— 서정춘, 「기러기」

작고 시인 박용래의 시적 분위기를 떠올리게 하는 시. 그것은 극히 간결하면서 검소한 언어와 시행의 배치에서 말미암은 탓도 있지만 아마도 박용래의 "허드레 / 허드레로 우는 뻐꾸기 소리"(「點描」)라는 절구가 인상적으로 각인돼 있는 때문인지도 모른다. 허름하고 낡은 상태를 지칭하는 "허드레"라는 순우리말이 박용래의 시구에서처럼 아름답게 청각영상을 수식하는 말로 탈바꿈한 예는 쉽게 찾아보기 힘든 일이다. 서정춘의 시가 주는 묘미는 이 "허드레"와 "도르래"라는 언어가 서로 어울리며 빚어내는 상호조응에 있으며 이것은 온전히 그의 몫으로 남는다. 적막한 강산, 흰 빨래가 유난히 선명하게 보이는 계절, 높이 날아오르는 기러기 떼, 그리고 그것에 이어지는 어머니 생각. 우리의 전통적 풍물과 정서가 단아하게 맞물려 쓸쓸한 시인의 내면 공간을 부조^{浮彫}해내고 있다. 참으로 시인은 부족방언의 마술사라는 생각을 새삼 하게 만드는 작품이다.

—『2003 현장비평가가 뽑은 올해의 좋은 시』, 현대문학, 2003.

서정춘 선생님께 올리는 서신

하
종
오

1954년 경북 의성 출생. 1975년 『현
대문학』 추천으로 등단. 시집으로
『벼는 벼끼리 피는 피끼리』『정』
『님』『지옥처럼 낯선』『국경 없는
공장』『아시아계 한국인들』『남
북상징어사전』『남북주민보고서』
『세계의 시간』『신강화학파』『초
저녁』『국경 없는 농장』『신강화학
파 12분파』『웃음과 울음의 순서』
『겨울 촛불집회 준비물에 관한 상
상』『죽음에 다가가는 절차』『신강
화학파 33인』 등이 있다.

그것은, 하늘 아래

처음 본 문장의 첫 줄 같다

그것은, 하늘 아래

이쪽과 저쪽에서

길게 당겨주는

힘줄 같은 것

이 한 줄에 걸린 것은

빨래만이 아니다

봄바람이 걸리면

연분홍 치마가 휘날려도 좋고

비가 와서 걸리면

떨어질까 말까

물방울은 즐겁다

그러나, 하늘 아래

이쪽과 저쪽에서

당겨주는 힘

그 첫 줄에 걸린 것은

바람이 옷 벗는 소리

한 줄뿐이다

　　　　－ 서정춘, 「빨랫줄」, 『현대시학』, 2005년 11월호

선생님의 어떤 시를 읽더라도 촌철살인의 명편 「죽편」을 떠올리지 않을 수 없습니다. 시인이 일평생 수많은 작품을 써도 일편시만 남게 된다는 점에서 이미 선생님은 한국 현대시사에서 선명한 성취를 했다고 기록할 수 있지만, 「죽편」에서 정점에 달한 극절제의 형식이 '시인 서정춘'을 규정해버림으로써 선생님의 더 많은 시들이 늘 상대적으로 긴장의 이완으로 비판받는 시적 불행을 또한 견디어 오지 않으면 안 되었습니다.

시집 『죽편』 이후 『봄, 파르티잔』 『귀』로 이어지는 짧지 않은 창작기간 동안 선생님의 시는, 연차적으로 극절제의 형식은 행간 뒤에 숨겨지고 "물뱀 한 마리가 물금 치고 줄금 치고/一行詩 한 줄처럼 나그네길 가는 것/저것이, 몸이 구불구불 징한 것이 저렇게/날금 같은 직선을 만든다는 생각"(「아름다운 독선獨善」 부분)의 내용으로 드러나고 있어서 전혀 다른 모습으로 변모되고 있습니다. 그런 시의 대표적인 한 편이 최근에 발표한 「빨랫줄」이라고 할 수 있습니다.

「빨랫줄」과 같은 지면에 발표된 「돛」 같은 작품은 예의 극절제의 형식을 적용하여 단 두 행(바다 위, 거미줄 친 돛단배들/물거미 입에 물린 흰 나비의 羽化들)으로 상황을 축조해 놓고 있습니다만, 바로 그래서 사용할 수밖에 없는 비유가 오히려 시를 모호하게 만들어버리고 맙니다. 바다 위의 풍경을 육지 위의 풍경으로 환치시켜서 바라봐야 하는 비유의 피곤한 혼돈을 독자는 극절제의 형식의 미학보다 먼저 느끼게 됨을 어쩔 수 없습니다. 이런 점에서 「빨랫줄」은 선생님이 이제껏 지키고자

했던 극절제의 형식을 행간 밖으로 밀어내고, 행간 밖에 머뭇거리던 내용을 시의 중심으로 끌어들이려는 긍정적인 시도로 높게 평가받아 마땅합니다.

결단코 선생님은 시적 책략으로 일찍이 선택한 극절제의 형식을 창조적으로 해체하지는 않을지라도 내용을 중심으로 끌어들이려는 전략적인 시도는 남모르게 지속할 것으로 봅니다. 현실을 표현할 수밖에 없는 생활의 언어를 채택하는 선생님이 그 핍진한 시어로 비록 인간 사회의 사실을 적극적으로 표현하지 않고는 있지만 그 내재적 고통에서 결코 비켜날 수 없는 '시인 서정춘'의 딜레마를 스스로 깊게 알고 있기 때문입니다.

이 점은 시집 『귀』에 수록된 「봄밤」을 비롯한 다수의 시와 「빨랫줄」에서 확인됩니다. 가령 이런 시구로 선생님은 슬그머니 전면이든 일면이든 인간 사회의 사실을 도드라지게 보여주고 싶은 열망을 감추지 못합니다.

"하늘 아래 / 이쪽과 저쪽에서 / 길게 당겨주는 / 힘줄"

"하늘 아래 / 이쪽과 저쪽에서 / 당겨주는 힘"

「빨랫줄」에서 이쪽과 저쪽이라는 양쪽은 서로 반대편이면서도 수평을 만들어내는 상대편입니다. 외면하는 다른 편이 아니라 마주하는 우리 편입니다. 그런 두 편이 하나의 긴 줄을 놓지 않고 서로를 끌어당겨서 존재를 보존합니다. 그저 자연스럽게 우리를 놓아두는 것이 아니라 우리 사이의 힘줄과 힘을 팽팽하게 견지합니다. 이것은 분명 인간 사회의 사실인데도 선생님은 한발 더 나아가 구체성으로 드러내기보다는 짐짓 "문장의 첫 줄 같다"고 언어적으로 인식하고 "연분홍 치마가 휘날려도 좋고" "비가 와서 걸리면 / 떨어질까 말까 / 물방울은 즐겁다"고 사물의 유희로 파악하다가 마침내 "그 첫 줄에 걸린 것은 / 바람이 옷 벗는 소리 / 한 줄뿐이다"라며 힘과 힘줄로 만들어진 상황의 본질을 자연현상으로 돌려놓음으로써 사실성에서 한 걸음 경쾌하게 물러섭니다.

아마도 이 지점이 선생님이 극절제의 형식의 시에서 최대한 허용하는 이완의 시학일지도 모르겠습니다만, 오히려 이 지점을 과감하게 통과하면서 「빨랫줄」보다 더 강한 힘줄과 힘으로 이쪽과 저쪽의 인간 사회의 구체적 사실을 내용의 중심으로 끌어당겨서 「죽편」에 비해 상대적으로 긴장의 이완으로 비판받는 다른 시들을 생동하게 한다면 '시인 서정춘'의 성취는 곧 우리 모두의 성취로 남지 않을까 싶습니다.

—『현대시학』, 2005. 12월호.

서정춘을 읽다

조
정
인

서울 출생. 1998년 『창작과비평』
으로 등단. 시집으로 『그리움이라
는 짐승이 사는 움막』 『장미의 내
용』 등이 있다.

단풍! 좋지만
내 몸의 잎사귀
귀때기가 얇아지는
11월은 불안하다

어디서
죽은 풀무치 소리를 내면서
프로판가스가 자꾸만 새고 있을 11월

— 서정춘, 「11월」

계절이 돌이킬 수 없이 깊었다. 이 도저한 힘을 막을
수 없다. 말수가 적은 연인 같은 계절의 수굿한 뒷모습을
바라보는 일은 늑골 안쪽이 서늘해지는 일이다.

'기울일 경傾 향할 향向, 내가 쓰는 시 경향과는 먼
시에 관한 짧은 감상'…… 그렇다. 시 쓰기에도 각자
구별되는 엄연한 패션이 있다. '나하고는 패션이 다
른…… 그는 누구인가' 궁구하다 서정춘을 뽑아든다.
내가 소위 레이어드룩을 즐긴다면 선생의 패션은 간명
한 절대 미감만을 추구한다. 그럼에도, 그의 시에서 발걸
음이 머무는 건 내게도 그와 공통분모로 저며지는 일정
부분이 있기 때문일 터다. 하여, 어쩔 수 없이 그의 시편들

에서 공감대가 큰 시에 눈길이 오래 머물 수밖에 없다. 생각하면 무릇 한 편의 시는 결핍과 고독이라는 비싼 대가를 지불하고 산 사치가 아니겠는가. 시집 『귀』(시와시학사, 2005)에서 일찍이 페이지를 깊숙이 접어둔 시 「아름다운 독선獨善」 마지막 행을 옮겨본다. '아름다운 독선毒腺'으로 고쳐 읽어도 좋을 '사치' 말이다.

오 내 새끼, 아름다운 직선은 독선의 뱀새끼라는 것

저수지 수면을 물금물금 직선을 긋고 가는 물뱀의 자취는 곧 집요하게 아름다움을 뒤쫓는 선생의 붓끝이며 그의 시적 미학 앞에서의 단호한 결행인 것이다.

어디서 / 죽은 풀무치 소리를 내면서 / 프로판가스가 자꾸만 새고 있을 11월

11월은 존재들에 내재한 심연의 불안이 극대화되는 암묵적인 달이다. 12월에 이르러서 불안의 분진은 침잠하여 차라리 안온해지며 고요의 극대에 이르게 된다.

11월의 저녁을 헌 집에 걸맞게 수도꼭지가 하루 종일 똑똑똑 물방울을 놓친다. 생각하면 모든 존재는 누수 중이 아닌가. 존재는 존재에게 전이된다. 죽어서도 하염없이 저를 놓치고 있는 풀무치처럼 어디선가는 프로판가스가, 또 다른 존재들이 하혈하듯 저를 놓치며 완전한 소멸을 추동해 간다.

선생은 독한 듯 가녀린 시인인가 하면 시어의 선택에

있어서 "꽃 그려 새 울려 놓고/ 지리산 골짜기로 떠나는, 파르티잔"처럼 비정한 듯 순정하다. '귀때기가 얇아진 내 몸의 잎사귀'인, 그의 예민한 감응판이 한기와 습기로 웅크린 「11월」에 이르러서는 피할 수 없는 불안을 감지한다. 부단한 떨림으로 감응한다. 또한 불안의 예감은 연민으로 이어진다. 죽은 풀무치가 어떤 소리를 내는가는 중요치 않다. 11월의 풀무치는 어차피 죽어 있어야 한다. 다만 한정 없는 결핍을 은유할 뿐. 풀무치의 '치'에서 파생되는 프로판가스 새는 소리에 —— 이것은 청각적 효과에서 가스 새는 냄새를 유발케 하는, 다시 말해 후각적 효과를 얻기 위한 시적 장치다 —— 독자의 청각과 후각은 동시에 자극받아 불안이 유발된다기보다는 누선이 찌릿해져 오다가 종당엔 다 털려버린 기분이 되는 것이다. 이렇듯 그의 시적 미감이란 것도 기실 존재를 향한 연민에 기울어져 있는 것이다.

한기와 습기가 가득한 무덤 기운이 느껴지는 「11월」은 또한 선생의 시인으로서의 체취를 맡기에 유효한 시이다. 계간 『시인세계』(2004년 여름호)에서 고은 선생의 시인 서정춘에 쏠리는 시선이 또한 그러하다. "시에는 시적 불운이 필요하다. 잘 쓴 시에는 두 가지가 있다. 많이 읽히는 시가 있는가 하면 어딘가에 틀어박힌 시가 있다. 요즘엔 박혀 있는 시가 드물다. 그게 있어야 하는데…… 예를 들어 서정춘 같은…… 뼛속에 무덤 기운이 가득한."

그의 시가 틀어박힌 시인지 또는 시적으로 불운한지는 잘 모르겠다. 다만 뼛속에 무덤 기운이 가득한 시인이라는 말에는 전적으로 공감한다. 11월의 마지막 날이다. 아직은 깊은 가을이지 않느냐고 우기고 싶은.

———『현대시』, 2008. 1월호.

김
광
일

1958년 전북 전주 출생. 지은 책으
로 『우리가 만난 작가들』 『간지럽
고 싶다 한없이』 『책을 읽은 다음엔
제발 아무 말도 하지 마』 『빼삐용의
책읽기』 『시보다 매혹적인 시인
들』 등이 있다.

어떤 시가 잘 쓴 시입니까?

김광일: 어떤 시가 잘 쓴 시입니까?

고   은: "두 가지가 있지요. 하나는 많이 읽히는 시가
잘 쓴 시요, 또 하나는 어딘가 숨어 박힌 시가 잘 쓴
시요. 요즘은 박혀 있는 시가 드물어요. 그게 있어야
하는데…… 시적 불운不運이 필요해요, 시에는……. 예를
들어 서정춘이 같은 놈, 아무도 알아주지 않으면서 진국
인 놈……. 보면 아무 매력도 없는데 순금인 놈. 어딘가에
기가 막힌 게 있어. 뼛속에 무덤 기운이 가득해."

— 김광일 엮음, 『시보다 매혹적인 시인들』, 문학세계사, 2008.

맹
문
재

1963년 충북 단양 출생. 1991년 『문
학정신』으로 등단. 시집으로 『먼 길
을 움직인다』 『물고기에게 배우다』
『책이 무거운 이유』 『사과를 내밀
다』 『기룬 어린 양들』 등이 있다.

고향을 기준으로

어리고, 배고픈 자식이 고향을 떴다

── 아가, 애비 말 잊지 마라
가서 배불리 먹고 사는 곳
그곳이 고향이란다

　　　　　　　－ 서정춘, 「30년 전」 ── 1959년 겨울

　어느덧 고향을 기준으로 타향을 객지라고 하거나 타
향을 기준으로 고향을 어머니의 품이라고 비유하는 시
대는 지나갔다. 사는 곳 어디나 따뜻한 밥처럼 든든한
고향이 될 수 있는 것이다. 고향은 삶의 터전을 살리는
우물 같은 존재다. 배고픔을 이기려는 사람들의 타는
목을 축여 주는 것이다.

　　　　　　　　　　　　　－<포스코신문>, 2010. 809호.

김
성
동

1947년 충남 보령 출생. 1975년『주간종교』에 단편소설「목탁조」가 당선되어 등단. 1978년 중편「만다라」로 본격적인 작품 활동 시작. 장편소설로『만다라』『집』『길』『꿈』『국수(國手)』, 소설집으로『피안의 새』『오막살이 집 한 채』『붉은 단추』, 산문집으로『한국정치 아리랑』『꽃다발도 무덤도 없는 혁명가들』『염불처럼 서러워서』등이 있다.

전라도에 정춘이 있다

시인이 너무 많다. 넘쳐나는 게 시인이요, 자칭 시인이라는 사람들이 썼다는 시이다. 우스갯말로 '산천초목이 다 시인'이고 '최하가 시인'인 세상이다.

시인이 많고 시가 많아서 나쁘다는 말이 아니라 너무도 엉터리 같은 시인과 시들이 많다는 말이다. 이른바 등단을 했다하면 해마다 서너 권씩 시집을 만들어내고, 입만 열면 '사랑'과 '평화'며 '자유' 같은 지극히 추상적이고도 모호한 관념어·개념어로 뒤발된 시집을 쏟아낸다. 정녕 이래도 되는 것인지.

그런 의미에서 1년에 시 한 편씩을 겨우 써서 등단 30년 만에 35편을 건져 얇은 시집 하나를, 그것도 출판사의 강권으로 엮어낸 서정춘(徐廷春) 같은 시인은 소중하다. 적어도 시가 글자 그대로 '말씀으로 지은 사원(寺院)'임을 아는 시인이다. 박용래(朴龍來)의 법통을 잇고 있는 것으로 보이는 서정춘의『竹篇』은 숨 막힌다.

여기서부터, —— 멀다
칸칸마다 밤이 깊은
푸른 기차를 타고
대꽃이 피는 마을까지
백년이 걸린다

서정춘 시인과 밤새도록 술을 마시며 박용래 선생의 인간과 시를 이야기하다가 함께 운 바 있거니와, 박용래가 없는 문단은 적막하다. 저마다 시인이요, 작가라면서 아무도 문학을 이야기하지 않는다. 진정으로 술을 마시지 않으며 절망을 보여주지 않는다. 분노하지 않는 것은 그만두고 무엇보다도 먼저 우는 사람이 없다. '울음'의 진정한 의미를 모른다. 저마다 '박용래의 눈물'을 이야기하지만 그 눈물의 의미를 아는 사람은 드물다. 천상병 선생이 아무한테나 손을 벌리지 않았듯 아무 앞에서나 울지 않았던 박용래 선생이다. 가려서 우셨다.

상식적인 교양인 수준을 넘어서는 시인과 작가들은 그렇게 많지 않다. 문학은 물론이고 '인간 개념'마저 바꾸려하는 이 캄캄한 세기말의 밤에 최소한 공포를 느끼지 못하는 것은 그만두고 술 한 가지만이라도 죽을 작정을 하고 마시는 사람이 없다. 다들 적당히 술을 마시고 적당히 책을 읽고 적당히 글을 쓰면서 적당히 살아가고 있다. 군사깡패들한테 당한 고문으로 그렇게 된 것이기는 하지만, 그런 의미에서 자폭적 통음 끝에 이뉘를 버리고 '저 광활한 우주 속으로' 사라져버린 박정만朴正萬이 그립다.

박용래 선생이 그리워 14년 전 써보았던 줄글 가운데 한 도막인데, 서정춘 시인만 떠올리면 숨 막힌다. 당최 입이 떨어지지 않는다. "허공 없으면 울 곳 없으리"라며 "내 시의 문장은/ 타고 남은 서까래다/ 풍장이 남긴 뼈다귀다/ 이것저것 다잡아/ 상한 몸 엮었더니/ 서서 죽은 인골 탑!!”을 세우고 있는 망팔^{望八} 노시인 앞에서 무슨 말을 할 수 있으랴.

그래서 혼자 마신다. 일인분으로 마시며 단독자로 운다. 그리고 그렇게 배고프고 외롭고 또 그리워서 곡차 한 잔에 눈물 한 방울씩 홀수로 울다보면 가 닿게 되는 정거장이 있으니, 서정춘이다.

“성니임.”

“어잉?”

“저 김 아무개올시다.”

“으응, 성동이이.”

“……”

그것으로 끝이다. 더 이만 할 말이 없는 것이다. 『물방울은 즐겁다』를 펼쳐본다. 「낙서」라는 제목이 보인다.

　잔은 딱 한 잔이 깨끗하오

　나도 나만 한 사람이오

　나머지는 시끄럽소

　안녕

무슨 말을 하겠는가. 아마도 섭섭하셨을 것이다. 『물방울은 즐겁다』를 받은 지 달포가 지났는데도 일언반구가 없는 것이니 어찌 섭섭하며 그리고 괘씸하지 않을 수 있겠는가. 더구나 오밤중에 전화를 걸어놓고도 시집에 대해서는 구린 입도 떼지 않는 것이니, 어찌할 바를 모르는 시인 모습이 눈에 보이는 것이었다.

시집을 받았다. 두 손으로 잡아 가슴에 붙이고 잠깐 눈을 감았다. 인법당因法堂인 용화전龍華殿으로 들어갔다. 미륵할아버지 발치에 놓았다. 다기물 받아 올리고 쌍촛대에 불을 밝혔다. 향불 한 점 사뤄 올리었다. 목탁소리 맞춰 심경心經 일편 치고 나서 삼배三拜를 저쑤었다.

전화를 드렸던 것은 그리고 나서 달포쯤 지났을 때였다. 어떤 스님한테서 전화가 오는데 글씨를 받고 싶다는 것이었다. 법당을 새로 지었는데 '무량수전無量壽殿'과 '삼성각三聖閣'이라는 편액에 무량수전 앞 기둥에 걸 주련柱聯 네 점을 써달라고 하였다. 이 중생은 그저 붓장난이나 할 뿐 무슨 서예 같은 거룩한 글씨를 쓰는 사람이 못된다며 손사래 쳤으나 막무가내였다. 그냥 찾아뵙고 인사라도 하겠다는 데는 어쩔 수 없었다.

"즘 그러면 거시기 곡차나 점 가져오슈."

"무슨 술을 좋아하시는지?"

"삐루."

"네?"

"삐루우."

"무슨 말씀이신지?"

"삐루두 물르슈."

"글쎄요오."

"독주는 불감당이니께 보리곡차루 가져오시란 말유, 깡통삐루우."

"아, 비어 말씀이시군요. 캔맥."

삐루 열두 깡통은 이내 바닥이 났고 편액과 주련을
써준다고 했던가. 골칫거리는 그 건강하여 보이는 스님
이 돌아간 다음부터였다. 초다짐상만 받다 만 꼴이 된
이 중생은 국자를 꼬나쥐고 35도짜리 동근송주^{東根松酒}
항아리 바닥을 쥐어짜는 것이었고, 그리하여 "칸칸마다
밤이 깊은 / 푸른 기차를 타고" 가 닿게 되는 정거장이
'정춘역'인 것이었다.

"성니임."

"어엉."

"실은 저 성님 시집 안 봤유."

"그려. 워낙이 보잘것읎으니께."

"그게 아니구우 아까워서 그랬유."

"이잉?"

"싸게 읽어번지먼…… 헐 게 읎잖유. 다시 또 읽어볼
시집이 읎잔남유."

"허."

서정춘 선생과 통음한 것이 몇 차례였던가. 절골 골목
에 있는 몇 군데 밤주막과 사당동인가에 있던 당신 댁에
까지 미좇아가서 하룻밤 하룻낮을 개기면서 곡차 골짜
기를 가리산지리산하였던 것인데, '시인'을 말하였던
것이다. 용래좌^{龍來座}를 말하며 한 잔, 백석^{白石}을 말하며
한 잔, 그리고 박정만을 말하며 또 한 잔…… 그렇게
또 홍진장취^{紅塵長醉}하였던 것이다.

망팔에 이르러서도 시밭 일구기를 게을리하지 않는
서정춘 선생이시다. 젖 먹던 힘을 다하여 어뜨무러차
시밭을 일군다고 하지만 언어로 인골탑^{人骨塔} 세우려는

시인 몸맨두리는 물 부어 샐 틈 없게 반듯하기만 해서 또한 한 해 농사에 한두 편 캐어내는 배메기농군일 뿐이다. 그러고 보면 "시는 젊어서 쓰는 것이지 늙어서는 안 되는 것"이라는 저 영국 시인 로버트 브라우닝 말은 틀린 것이다. 소설 또한 마찬가지지만 2, 30대의 불타는 뜨거움만 가지고 되는 것이 아닌 게 시이다. 중단전 언저리에서부터 불붙기 비롯하여 쥐구멍 팔딱거리는 상단전 백회혈 거쳐 저 아래 배꼽 밑 세 치 자리인 하단전 돌아 다시 중단전 거쳐 목구멍 밖으로 터져나오는 것이 바로 시인 때문이다. 저 똥구녁 밑창에서부터 한마음으로 끌어올려 내는 것을 가리켜 비로소 시라고 부를 수 있는 것이라면, 적어도 한 갑자는 살아본 사람만이 쓸 수 있는 것이 시인지도 모른다. 한 갑자에서 10년을 더 보탠 다음 터져나오는 서정춘 선생 시들이 닢닢이 명편으로 되는 것 또한 그러므로 너무도 마땅한 일 아닌가. 40 넘어 5, 60대에 이르러 그야말로 구슬 같은 명편들을 썼던 것이 이백과 두보였으며, 우리나라 경우에도 목월木月의 뒷시절 시가 좋고 이산怡山이 「성북동 비둘기」며 「산」 같은 명시를 쓴 것이 예순 넘어서였다.

　서정춘 선생의 물방울무늬 같은 시들을 꿰어매겨볼 재주가 이 중생에게는 없다. 이른바 문학전문가라는 이들은 뭐라고 하는지 모르겠으나 한 가지만은 자냥스럽게 알 수 있으니, 애틋한 마음이다. 진서로 쓰면 '진정眞情'이 되겠다. 아니 '진정'이라는 말도 하늘 밑에 벌레들이 많이들 쓰니 때 묻은 말이 되겠고, '필연'이라는 말이 맞겠다. 한낱 씨앗이 땅에 떨어져 싹을 틔워 줄기를 세우고 가지를 뻗쳐 잎새를 벌려나가다가 마침내 한 송이 꽃으로 그렇게 피어날 수밖에 없는 외마디 슬픈 부르짖음인 것이다.

달소수 전 절골에 갔었다. <시인>이라는 주막이었다. 임우기 평론집 출간 기념 모꼬지 자리였는데, 많은 사람들이 왔다. 그런데 그 모꼬지 항것인 임군이 무슨 재벌동아리 회사 전 사장이라는 이와 나가더니 영영 돌아오지 않는 것이어서 그만 일어서려는데, 얼라? 서정춘 선생이 들어오시는 것이었고, 죽자. 선생을 만나면 장 그랬듯이 뼈를 묻을 각오를 다지며 다른 이들과 하던 이야기를 중동무이고 서정춘 자리로 갔는데, 별꼴, 잠깐 앉았다가 이내 나가버리셨다는 것이었다. 나중에 들은 이야기지만 몸이 조금 거시기하여 자리를 뜨셨다는 것이었는데, 아지못게라. 이 많이 모자라는 중생이 밤새도록 마시며 그리고 또 울자고 할까봐서 그러셨던 것인지.

한참을 헤매다가 절골 갈피에 밝은 후배한테 전화까지 해서 간신히 찾아간 <시인>이었는데, 어지러웠다. 많은 사람들이 뭐라고 뭐라고 써놓은 붓글씨며 그림 같은 것들로 도배된 벽이어서 정신이 하나도 없는 판인데, 별꼴. 어디서 많이 보던 글씨가 걸려 있는 것이었다. 이 중생이 쓴 것이었는데 괴발쇠발 취필醉筆이었다. 이 중생이 취중에 쓴 것을 누가 갖다가 걸어놓은 것 같았고, 낯이 뜨거웠다. 주인 보살한테 당장 떼라고 했는데 싫다는 것이었고 어쩔 수 없이 새로 써줄 테니 떼라고 하였고, 그러마고 하였다. 그래서 쓰게 된 것이 "詩人不傳"이다. 그리고 "詩人歸不歸"이니, 서정춘 시인을 떠올리며 써

본 것들이다. 서정춘 같은 시인은 다시 이어질 수 없고, 한번 떠나간 서정춘은 다시 돌아오지 않을 것이라는 생각이었다.

"북에 소월이 있다면 남에 목월이 있다."

시단에 떠도는 말 듣고 이 중생이 말하였다.

"북에 소월이 있고 남에 목월이 있다면 그 가운데 용래가 있다."

다시 말하겠다.

"평안도에 백석이 있고 충청도에 용래가 있다면 전라도에 정춘이 있다."

—『시로여는세상』, 2010. 겨울호.

물 건너온 종의 깽깽거리는 것

장
석
남

1965년 인천 출생. 1987년 〈경향신
문〉 신춘문예로 등단. 시집으로 『새
떼들에게로의 망명』 『젖은 눈』 『지
금은 간신히 아무도 그립지 않을
무렵』 『왼쪽 가슴 아래께에 온 통
증』 『미소는, 어디로 가시려는가』
『뺨에 서쪽을 빛내다』 『고요는 도
망가지 말아라』 『꽃 밟을 일을 근심
하다』 등이 있다.

한 번을 울어서
여러 산 너머
가루가루 울어서
여러 산 너머
돌아오지 말아라
돌아오지 말아라
어디 거기 앉아서
둥근 괄호 열고
둥근 괄호 닫고
항아리 되어 있어라
종소리들아

— 서정춘, 「종소리」

물 건너온 종의 깽깽거리는 것, 여기 오라는 그 '신호'
말고 우리나라 옛 종소리, 들리는 그 자리에서 그만
깊이깊이 가라앉아 보라는 그 소리 들으면 이미 없는
아버지도 어머니도 나랑 같이 나란히 서 있고 신라도
백제도 울긋불긋 지나간다. 덩 —— 하고 한번 울리면
그 소리 가다가 되돌아오고 되돌아오다가 다시 간다.
그렇게 밀물 썰물처럼 하며 만물에 스미니 봄 산은 그
소리로 푸르러지고 가을 산은 그 소리로 붉게 물든다.

선운사 동백은 그 소리를 양식 삼아 그토록 붉은 꽃을 내밀고 수덕사 앞 산맥山脈들은 그 소리를 먹고서 그토록 흥겹게 덩실거리는 거다.

인간은 무슨 결론으로 종을 만들었을까? 그 결론이야말로 가장 위대하지 않은가! 그 소리 안에 못 담을 것이 없어서 '괄호'요, 그 배부름 한없이 투명하여 백자 항아리 아닌가. 그 종소리 귀담아들을 생각 없다면 무슨 인생을 살았다고 하겠나. 하루 반은 혀끝소리 말고 종소리로 말하고 종소리의 말로 살고 싶다.

―<조선일보>, 2012. 4. 23.

장
철
문

시인의 고향은 아무래도 남쪽

1966년 전북 장수 출생. 1994년 『창
작과비평』에 「마른 풀잎의 노래」
등을 발표하며 등단. 시집으로 『바
람의 서쪽』『산벚나무의 저녁』『무
릎 위의 자작나무』『비유의 바깥』
등이 있다.

여기서부터, —— 멀다
칸칸마다 밤이 깊은
푸른 기차를 타고
대꽃이 피는 마을까지
백년이 걸린다

— 서정춘, 「竹篇 · 1 —— 여행」

　시인의 고향은 아무래도 남쪽이다. 이즈음은 식물대
의 북방한계선도 몇 백 리쯤은 죄다 북상한 터이지만,
대꽃이 피는 마을이라니 그렇다. 수구초심. 대꽃이 핀다
는 것은 한 살이를 마감한다는 것이다. 그러니 백년이란
우리네 삶이겠다. 아마도 시인은 칸칸마다 먹빛 차창을
달고 달리는 완행열차를 타고 남녘을 떠났을 것이요,
그 먹빛 차창처럼 인생도 그만큼 막막했으리라. 지나가
버린 고향의 세월이 아득히 멀듯이, 기차의 운행 또한
아득히 멀다.

　아마도 그는 고향으로 자주 걸음을 하지 않는 것이
틀림없지 싶다. 그러니 이번 생의 일을 마치는 것이
고향만큼이나 아득한 것이다. 저 60년대의 완행열차가,
그것이 내는 칙칙폭폭이 그에게는 남녘의 마디 굵은
푸른 대와 같은 것이다.

서정춘 시인은 죽편^{竹篇}만 아니라 모든 시를 죽편^{竹片}에
새기듯 한 자 한 자 또박또박 쓴다.

— ＜중앙일보＞, 2012. 10. 4.

오리 두 마리, 2럼2럼 건너가네

권
혁
웅

충북 충주 출생. 1996년 〈중앙일보〉
신춘문예에 평론, 1997년 『문예중
앙』 신인문학상에 시로 등단. 시집
으로 『황금나무 아래서』 『마징가
계보학』 『그 얼굴에 입술을 대다』
『소문들』 『애인은 토막 난 순대처
럼 운다』, 비평집 『미래파』 『입술
에 묻은 이름』 등이 있다.

나에게는 참깨밭의 꿀벌 같은
하도나 이쁜 늦둥이 어린 딸이 있어
오늘은 깨잘도 입에 달아주면서
카렌다 걸어놓고 숫자를 읽히는데
아빠
2는 오리 한 마리
아빠
22는 오리 두 마리
아빠
우리 함께 호수공원에 갔을 때
뒷놈 오리가 앞놈을 타올라 물을 먹여 죽였어요
하길래설랑
나는 저런저런 하다가
나도 호숫가 물소리로 그럼그럼 했더라

— 서정춘, 「카렌다 호수」

시인과 어린아이의 공통점은?
둘 다 '발견하는 사람'이라는 것.
2는 오리 한 마리, 22는 오리 두 마리.
발견 하나에 시 하나. 달력 한 장이 순식간에 호수로
변한다.

저 차지게 달라붙는 발음 좀 보라지.

"참깨밭"과 "꿀벌"을 입에 넣고 버무리면

"깨잘"(강정 같은 과자)이 만들어지는 것도 당연하지
않겠나?

"그럼그럼"은 "2럼2럼"이다.

오리 두 마리 사이에 물결이 '럼럼하게' 번져가는
모양이다.

그러니까 오리의 죽임과 죽음을 전하는 아이의 말은

자맥질하며 나란히 떠가는 오리 일가의 모습을 단순
히 형용한 것.

그러니 "저런저런"이 "그럼그럼"이 되었지.

불교에서 천진면목天眞面目이란 부모가 낳기 전의 본래
모습이며,

천진天眞이란 낳지도不生 죽지도 않는不滅 본래의 참된
마음을 말한다.

노시인의 천진이 무섭도록 아름답다.

―『당신을 읽는 시간』, 문예중앙사, 2012.

나
민
애

1979년 충남 공주 출생 2007년 『문
학사상』 신인문학상으로 등단. 비
평집으로 『제망아가의 사도들』, 연
구서로 『1930년대 조선적 이미지
즘의 시대』 등이 있다.

좋은 시, 시적 경계선을 밀고 나가기

'서정춘式'은 존재한다

2000년대 후반 '미래파' 논쟁이 있었고, 2010년 말을 기점으로 2011년에는 '극서정시' 운동이 있었다. 후자는 원로 시단을 중심으로 의도된 기획으로서, 젊은 시심에 대한 상당한 우려와 시의 본질에 대한 고찰을 촉구하는 면이 있다. 이러한 전제하에 운동에 동참하는 작품들은 대개 촌철살인적인 미학이 돋보이고 형식상 유난히 짧은 시형을 자랑한다. 원래 짧은 시형의 간략한 운율을 추구하던 시인들도 있고, 운동의 계기로 새롭게 시도한 시인들도 있다. 그런데 촌철살인의 미학, 하면 극서정시 운동의 이전에도 이미 고집스러운 자기 방식을 고수하는 한 시인이 떠오르지 않을 수 없다. 바로 서정춘 시인 말이다.

나는 숨 쉰다
허파처럼

나는 뭉개지며 피는 꽃
하늘 곰팡이

또는 홑이불이 마르는
이미지의 허풍

116

- 서정춘, 「구름」(『문학사상』 9월호)

2001년 서정춘 시인의 시집 『봄, 파르티잔』은 충격적이고 아름다운 시집으로 기억된다. 극히 짧은 표현으로, 매우 정제된 단어들로 엄선된 서정춘의 작품들은 언어가 적을수록 이미지가 강렬할 수 있다는 사실을 증명했다. 일련의 유행으로 이어지지 않아도 서정춘의 방식은 엄연히 존재해서 시단의 개성적인 위치를 차지했다고 볼 수 있다.

이번에 발표한 서정춘의 시 「구름」 역시 극서정시운동의 전제와 같은 생각, 즉 길고 긴 다변만이 능사가 아니라는 점을 강조하고 있다. 구름이란 "허파" "꽃" "곰팡이" "홑이불" "이미지의 허풍"이라는 이 시는 여백이 많아 우리로 하여금 많은 장면과 많은 생각을 자발적으로 불러일으키도록 만든다. 이러한 작품들이 지속적으로 창작되기 때문에 우리 문단의 균형은 한쪽으로 치우치지 않고 다양성이 지지받을 수 있다. 그 창작의 수준은 사용되는 언어의 수에 의해 결정되지 않는다. 짧아도 충분히 시가 되지 않는가, 서정춘 시인은 묻는다. 그리고 우리는 흔쾌히 그의 생각에 동의할 수 있다.

―『문학사상』, 2012. 10월호.

천
양
희

극약 같은 짧은 시

1942년 부산 출생. 1965년 『현대문학』에 시를 발표하며 등단. 시집으로 『마음의 수수밭』 『너무 많은 입』 『나는 가끔 우두커니가 된다』 『새벽에 생각하다』 등이 있다.

등단한 지 18년에 첫 시집을 내고 난 뒤, 나만 시 쓰기에 게으름을 피운 것 같아 마음이 영 개운치가 않았다. 그랬는데 나보다 더 늦게 첫 시집을 낸 시인이 있다. 등단 28년 만에 35편의 짧은 시로 시집 한 권을 낸 서정춘 시인이다. 멀리 보고 오래 참고 끝까지 가면 무엇이든 이룰 수 있다던 그가 짧지만 큰 울림이 있는 『竹篇』이란 시집을 낸 것이다. 거기서부터 여기까지 백년이 걸려 지은 시의 집이었다. 출판되자마자 큰 반응을 일으켰던 그의 시집을 생각하면 그 속의 절창들이 가슴속에 엉킨다. 심장이 뛰다 못해 멎는 것 같다.

여기서부터, —— 멀다
칸칸마다 밤이 깊은
푸른 기차를 타고
대꽃이 피는 마을까지
백년이 걸린다

                        ― 서정춘, 「竹篇·1 —— 여행」

어리고, 배고픈 자식이 고향을 떴다

—— 아가, 애비 말 잊지 마라
가서 배불리 먹고 사는 곳

그곳이 고향이란다

　　　　　－ 서정춘, 「30년 전 —— 1959년 겨울」

　1959년이면 내가 고등학교를 졸업하던 해였으니까 나보다 한 살 위인 그도 그쯤 되지 않았을까. 나는 그 무렵 병 때문에 몹시 힘들었는데 그는 가난 때문에 객지로 떠나고 있다. "가서 배불리 먹고 사는 곳 / 그곳이 고향이란다"라는 아버지의 말이, 아버지가 마시는 술의 절반이 눈물이었다는 어느 시인의 시 구절에 겹쳐져서, 한참이나 일어설 수가 없었다.

　짧은 시라도 진정한 것은 사람의 마음을 움직이는 것이다. 바위를 움직이는 것보다 마음을 움직이는 일이 더 쉽지 않다고 생각한다. 어느 시인이 말했다는 '극약 같은 짧은 시'를 '촌철살인 같은 짧은 시'라고 써도 될 것 같다는 생각이 든다.

　그의 시를 다시 읽으면 슬픔이 뚜렷해지는 순간을 느낀다. 그것이 서정춘 시인만이 가지는 시의 유전자다. 그는 짧고 울림 있는 시로써 말의 거부가 된 것이다.

　나도 그의 마음이 되어, 칸칸마다 밤이 깊은 푸른 기차를 타고 대꽃이 피는 마을까지 가보려고 한다. 타인의 마음을 가져보는 것이 인생을 깊이 있게 사는 길이지 싶다. 내 영혼이 시시각각 격(格)을 세우고 싶어서다. 내 생을 통틀어 칸칸마다 밤이 깊은 푸른 기차를 몇 번이나 탈 수 있을까. 백년이 걸려도 대꽃 피는 마을까지 갈

수 있을까 생각해보는 것이다.

　시인의 자격은 좋은 시인을 알아보는 데 있다고 하지
않는가.

—『나는 울지 않는 바람이다』, 문예중앙, 2014.

장
석
주

1955년 충남 논산 출생. 1975년 『월
간문학』으로 등단. 지은 책으로 『풍
경의 탄생』『일상의 인문학』『일요
일의 인문학』『마흔의 서재』『은유
의 힘』『이상과 모던뽀이들』『철학
자의 사물들』『동물원과 유토피아』
『단순한 것이 아름답다』『내가 읽
은 것이 곧 나의 우주다』『나는 문학
이다』 등이 있다.

혓바닥뿐인 생이라니!

내 안의 뼈란 뼈 죄다 녹여서 몸 밖으로 빚어낸 둥글고
아름다운 유골 한 채를 들쳐 업고 명부전이 올려다 보인
젖은 뜨락을 슬몃슬몃 핥아가는 온몸이 혓바닥뿐인 生이
있었다

— 서정춘, 「달팽이 약전^{略傳}」

혓바닥뿐인 생이라니! 달팽이의 한 생은 고달팠으리
라. 달팽이는 제 뼈를 녹여 만든 누옥^{陋屋} 한 채를 등에
짊어지고 끌며 일생을 보낸다. 등에 얹은 집의 무게는
달팽이가 감당해야 할 평생의 수고다. 온 뜨락을 혓바닥
으로 핥으며 드난살이하는 처지라도 달팽이를 부러워하
는 이 없지 않으리! 집 없는 설움에 눈시울이 붉어진
적이 있는 사람들이 그럴 것이다. 내 콧날이 시큰해진
것은 '달팽이 약전'이 집 없이 한세상 떠돈 내 '아버지
약전'이었던 탓이다.

— <중앙일보>, 2015. 6. 20.

마부였던 "마흔 몇 살" 아버지가

오
민
석

충남 공주 출생. 1990년 『한길문학』 창간기념 신인상에 시가 당선되어 등단. 1993년 〈동아일보〉 신춘문예에 문학평론 당선. 시집으로 『기차는 오늘 밤 멈추어 있는 것이 아니다』 『그리운 명륜여인숙』, 문학이론서 『현대문학이론의 길잡이』 『정치적 비평의 미래를 위하여』 등이 있다.

시인 정지용은 비인 밭에 밤바람 소리로 말을 달리고 남루도 추울 것도 없는 마흔 몇 살 홀아비는 말구루마를 끌고 구례 장날을 돌아와선 오두막에 딸린 마구간을 들 때면 나는 조랑말의 차디찬 말방울소리에 귀가 시려 잠 못 이룬 겨울밤이 있었다

— 서정춘, 「꿈속에서」

마부였던 "마흔 몇 살" 아버지가 늙은 시인의 꿈속에 나타났다. 세월이 흘러도 아버지는 늙지 않고 시린 말방울소리 자욱하게 아들의 꿈속으로 온다. 워낙 가진 것이 없어 "남루도 추울 것도 없는" 아버지는 시인 아들을 둔 덕에 21세기의 독자들을 갖게 되었다. 시는 기억을 통해, 잊힌 서사敍事를 현재로 호출한다. 그가 걸었던 구례 장날과 하동 섬진강가에 지금도 눈 내리고, 매화 그늘 그윽하다.

— 〈중앙일보〉, 2016. 12. 8.

아메리카 원주민들의 달력

안
도
현

1961년 경북 예천 출생. 1984년 〈동
아일보〉 신춘문예로 등단. 시집으
로 『서울로 가는 전봉준』 『그대에
게 가고 싶다』 『외롭고 높고 쓸쓸
한』 『그리운 여우』 『바닷가 우체
국』 『아무것도 아닌 것에 대하여』
『너에게 가려고 강을 만들었다』
『간절하게 참 철없이』 『북항』 등이
있다.

단풍! 좋지만
내 몸의 잎사귀
귀때기가 얇아지는
11월은 불안하다

어디서
죽은 풀무치 소리를 내면서
프로판가스가 자꾸만 새고 있을 11월

― 서정춘, 「11월」

아메리카 원주민들의 달력에서 11월은 '모든 것이
다 끝난 것은 아닌 달'이라고 한다. 11월은 한 해의 끄트머
리로 가기 위해 이것저것 준비를 해야 하는 시간이다.
특별한 기념일도 없고 휴가 계획을 짤 일도 없고 무던히
하던 일을 계속해야 하는 달이다.

살갗으로 겨울의 기운이 와 닿는 11월을 시인은 불안
의 계절로 파악한다. 애당초 설계해 놓았던 일들은 시작
도 하지 못했고, 돌아보면 야무지게 이루어 놓은 것도
없다. 그 불안의 이미지를 프로판가스가 새고 있을
것 같다고 청각화하면서 11월의 감각은 공감을 이끌어
낸다.

11월, 길거리에 서서 어묵 국물이라도 훌훌 마실 일이다.

—＜중앙일보＞, 2017. 11. 3.

서정춘의 시에 관한 평론 목록

1. 박이도: 「내면의 환상과 구문의 멋」, 『현대문학』, 1986. 2.

2. 신경림: 「곧고 마디가 있는 대나무 같은 시편들」, 『죽편』, 동학사, 1996.

3. 진순애: 「공간, 그 여백의 미학」, 『현대문학』, 1996. 6.

4. 김영철: 「절대 순수와 지천명의 시학」, 『현대시』, 1996. 8.

5. 이만식: 「텅빈 단단함」, 『현대시학』, 1996. 8.

6. 이경철: 「정녕 사랑하기에 침묵하노라」, 『현대시사상』, 1996. 여름.

7. 전기철: 「역사와 전통이 다시 중요하게 된 시대에 들리는 몇몇 전통적
목소리, 『실천문학』, 1996. 가을.

8. 이숭원: 「시와 현실과 역사」, 『현대시』, 1997. 3.

9. 김혜영: 「전통시와 한시의 기품을 갖춘 '서정시의 정수'」, <국제신문>,
1997. 1. 14.

10. 방민호: 「시적 방법과 그 위기」, 『현대문학』, 1998. 7.

11. 송재학: 「희망에는 기다림이 필요하다고?」, 『사람의 문학』, 1998. 여름.

12. 이문재: 「봄, 서정춘에서 생긴 일」, 『현대시』, 2001. 6.

13. 권혁웅: 「시와 음악」, 『현대시학』, 2001. 5.

14. 송재학: 「오래 남는 절제라는 잔상」, 『현대시학』, 2001. 5.

15. 진순애: 「침묵의 깊이」, 『유심』, 2001. 여름.

16. 김은정: 「꽃 그려 새 울려 놓고」, 『순천문학』, 2001. 여름.

17. 박찬일: 「달의 이미지 —— 독재의 이미지」, 『시현실』, 2003. 봄.

18. 이건청: 「절대 언어의 힘, 곡진하게 배려된 시적 장치들」, 『시평』, 2003.

여름.

19. 강외석: 「봄의 생태학에 대한 보고서」, 『시사문단』, 2003. 12.

20. 김정수: 「가혹한 삶의 방관자」, 『시와정신』, 2004. 가을.

21. 김영산: 「세 개의 가을」, 『현대시학』, 2005. 2.

22. 강경희: 「고향으로 가는 길」, 『유심』, 2005. 봄.

23. 김종태: 「시와 동심적 상상력」, 『시로여는세상』, 2005. 봄.

24. 박남용: 「생명을 향한 몇 가지 시선들」, 『리토피아』, 2005. 겨울.

25. 류경동: 「맑은 언어와 깨끗한 서정, 서정춘」, 『시와정신』, 2005. 겨울.

26. 유재명: 「갑골문 같은 시여」, 『시평』, 2005. 겨울.

27. 김병호: 「짐 짓의 몸짓과 조작된 여백의 미학」, 『시인세계』, 2005. 겨울.

28. 유성호: 「근원과 시간에 대한 시적 관심」, 『문학사상』, 2005. 12.

29. 김춘식: 「절제된 언어와 반속의 미학」, 『푸른시』 2006. 8호.

30. 홍용희: 「허공의 언어를 찾아서」, 『시작』, 2006. 가을.

31. 박노정: 「서정춘 시인의 시를 말한다」, 『문장과지역』, 2006. 12.

32. 박노정: 「푸른 말똥이 그리운 눈물부처」, 『시문학』, 2006. 2.

33. 복효근: 「좋은 시 다시 읽기」, 『시와상상』, 2007. 겨울.

34. 유성호: 「서정춘론, 마지막 처음인 시의 연금술」, 『유심』, 2007. 28호.

35. 강은교: 「강은교의 '시에 전화하기·17'」, 『시인세계』, 2008. 여름.

36. 이유식: 「페미니즘 시대를 보는 감칠맛 나는 복합 심상」, 『지구문학』,
        2008. 겨울.

37. 엄경희: 「남도의 푸른 말똥 냄새」, 『숨은꽃』, 실천문학사, 2008.

38. 김석준: 「언어의 연금술 혹은 이미지의 역설 '또는 대위법'」, 『문학마당』,
        2010. 여름.

39. 전해수: 「'한 줄의' 시학: 고향과 환상」, 『시로여는세상』, 2010. 가을.

40. 강외석: 「허공에 쓰다」, 『시와지역』, 2010. 가을.

41. 이경철: 「진정성, 시공을 넘나드는 시의 품격」, 『유심』, 2010. 7·8호.

42. 성백선:「시공 너머에서 조우하는 동화시」,『문학과창작』, 2010. 가을.

43. 한용국:「서정적 회통과 허공의 시학」,『다층』, 2010. 가을.

44. 오연경:「고도의 말, 몰두의 말, 아픔의 말」,『시와시학』, 2010. 가을.

45. 최 준:「삶과 죽음의 부싯돌 불꽃, 귀뚜라미」,『시인시각』, 2010. 가을.

46. 이경수:「자연과 교감하는 두 가지 방식」,『시인세계』, 2010. 가을.

47. 최진화:「시의 잔을 든 왕」,『미네르바』, 2010. 겨울.

48. 김희업:『짧은 시의 깊이와 긴 여운」,『시선』, 2010. 겨울.

49. 장석주:「사과를 깎다가 포착한 성적인 은유」,『TOP CLASS』, 2011. 8.

50. 황치복:「언어의 해체, 혹은 언어의 경화 현상」,『현대시』, 2012. 1.

51. 허영자:「투명하고 견고한 서정의 결정체」,『맥』, 2014. 11호.

52. 김수남:「봄, 파르티잔, 서정춘을 읽는 법」,『창작세계』, 2016. 봄.

53. 이규배:「서정춘 시학에 관한 소론」,『문학과행동』, 2016. 봄.

제 3 부

시인 이야기 · 서정춘

화보

▲ ⓒ 권혁재

제1시집

『竹篇』, 동학사, 1996. 3. 20.

제2시집

『봄, 파르티잔』, 시와시학사, 2001. 3. 31.

제3시집

『귀』, 시와시학사, 2005. 8. 25.

제4시집

『물방울은 즐겁다』, 천년의시작, 2010. 5. 25.

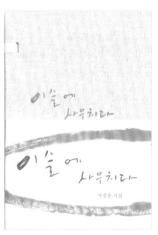

제5시집

『이슬에 사무치다』, 글상걸상, 2016. 11. 4.

▲ 시집들

◀ 거실에서 ▲ 서재에서

136

▲ 부부

▲ 가족

'00 4 15

▲ 손주

▲ ▶ 자화상

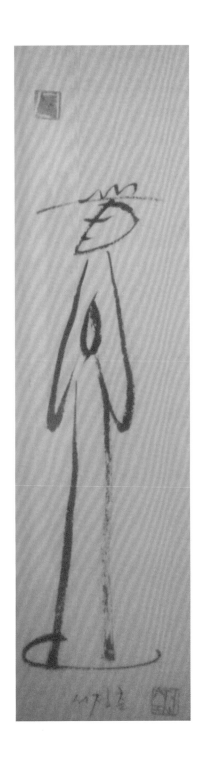

▲ 박대성 화백의 캐리커처

여행

작시 서정춘
작곡 장사익

▲ 시 「죽편·1」에 장사익이 곡을 붙였다

박용래상 수상을
축하합니다.

가장 적합한 수상자로
선출되었습니다. 박용래
시인은 이 사람이 봅시도 경
애하는 시인입니다. 어느 문학
상보다 보람이 더하리라 생
각합니다.

이천일년 12월 12일

김춘수

수상식에 참석 못해 유감입니다.

▲ 김춘수 시인의 축하 편지

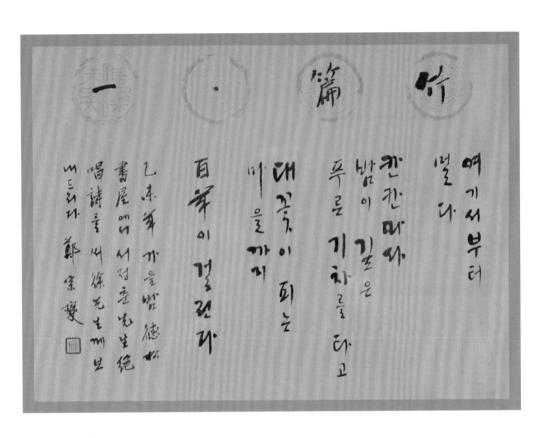

▲ 국회의원 정종섭의 글씨

▼ 새해가 밝아 오면 이런 그림을 그렸다

2016. 서정춘

▲ 낙관들

▲ 애용품들: 귀 떨어진 찻잔, 붓, 만년필, LP판

전쟁과 평화

저수지에서 생긴 일

이정춘

어느 날 저수지 낚시터에 갔었더랍니다 ... 그날 따라
저수지 물이 아주 잔잔해서 ... 잔 닦인 거울 속 처럼
같아 보였는데 거기다가 길게 낚은 듯이 낚싯줄을 드리웠는데
... 저수지 물이 심각하게 ... 낚음으로 솔렁거려졌고
난데 없는 왜가리의 물 박는 소리인 듯 후다닥 ... 놀란 물고기와
함께 저수지로 들어 출렁 ... 풍덩풍덩 ...
... 낚싯줄에 ... 잔잔히 걸린 한 녀석은 깜짝깜짝 놀래켜

... 때문에 ...

... 수 밖에 없었더랍니다 그러자 저수지 물은 다시 잔잔해
졌고 아 이렇게 한 순간에 일어난 평화를 나는 ... 어느 곳
에서도 아직 만나 본 일이 없었더랍니다

... 이윽고 저수지 물도 다시 잔잔해졌고 이렇게
한 순간에 일어나는 전쟁과 평화를 이 작은 저수지에서
겪어 본 적이 있었더랍니다

1998. 여름

▲ 친필 원고

154

도마뱀이 피아노를 치다

세계에서 손가락이 제일 긴 아저씨는 피아노의 거장 루빈
스타인이다 너같이 짧은 손가락(그것도 손가락이라고)이
피아노를 친다고? 마치 도마뱀 대가리만 내놓은 발가락 같
은 그 손가락이 피아노를 친다고? 물음표 두 개를 만들어
마누라 양쪽 귀걸이에 걸어주며 구박을 하자 건반 위에서
펄쩍 뛰어 내린 그 짧은 손가락이 아까부터 자기 발가락에
숨어 있던 도마뱀을 쫓아 건반 위에 풀어놓고 그것들을 열
손가락으로 때려 죽이고 있었다

그러다 피아노는 도마뱀이 잘 친다

30

▲ 이미 간행된 시집 위에서도 퇴고를 하다

155

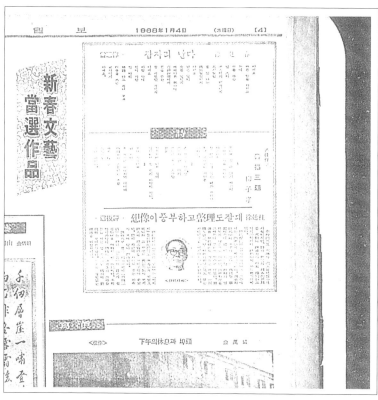

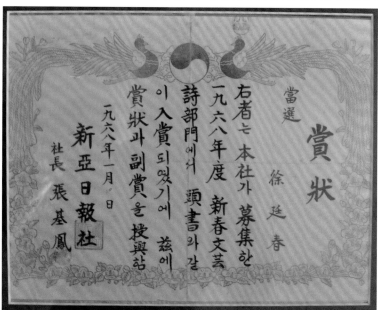

■ 당선작
서정춘 「잠자리 날다」

■ 당선소감
당선이라는 게 아무래도 겁이 난다.

앞으로 어떻게 좋은 시를 쓸 것이며, 시를 써서 돈을 번다는 얘기는 못 들었으니, 이제 나의 골방신세를 뒤엎을 일과 더불어 각성^{覺醒}할 일만이 크게 남아 있을 뿐이다.

■ 선후평
想像이 풍부하고 그 整理도 잘돼

徐廷春 씨의 「잠자리 날다」는 그중에서는 출중하게 뛰어난 것이다. 선자와 성명 중의 두 자가 같다는 우연한 사실 때문에 혹 있음직도 한 오해가 염려되지 않는 것도 아니나, 출중한 것을 그 때문에 묻히게 할 수는 없었다. 당선자 徐廷春 씨와 선자는 일면식^{一面識}도 없고 단 한 번의 서신거래도 없는 사이인 것을 먼저 여기 분명히 밝혀 둔다.

徐廷春 씨의 「잠자리 날다」는 이미지들의 시적 배치도 우수하게 되었으려니와 그 상상의 풍부한 점이 먼저 시인의 근본자격을 보이고 있어 좋았다. 시의 정리에 상당히 길든 자취가 보여 앞이 기대된다.

가작으로 뽑은 柳子孝 씨의 「素描三題」는 시의 볼륨이 엷은 게 섭섭한 대로 무난키는 한 작품이다. 우리 한국 사람의 정서의 구석들과 그 슬픔들을 씨는 잘 공부하면 감당해 표현해 보여줄 것 같다. 두 분의 끊임없는 정진을 바랄 뿐이다. <徐廷柱>

◀ 신춘문예 당선 발표된 〈신아일보〉 지면과 상장

아, 용꿈

– 나의 문단 등단기

서정춘

　나에게는 꿈같은 이야기, 아니 꿈같은 꿈 이야기, 사람이 일평생 한번을 꿀까 말까 한 황룡의 꿈! 마치 벼락같은 꿈, 용꿈의 기억이 있다.

　1967년 12월 한 해가 저물어가는 겨울밤, 나는 오두막의 골방에 청승덩어리로 오그리고 깊은 잠속에 빠져 있었다. 어느 잠결에 오 리는 족히 떨어진 동순천 간이역과 그 앞쪽으로 굽이치는 동천, 강둑의 느티나무가 칠흑 같은 어둠 속에 희미하게 떠오르다 말고, 불현듯 어둠이 걷히면서 느티나무가 금빛을 둘러쓰고 서 있었다.

　거기 금빛 찬란한 우듬지, 느티나무 우듬지에서 이상한 소리가 들리더니 올려다보려 해도 눈이 부셔 똑바로 볼 수가 없었다. 세상에 무슨 변괴나 난 듯이 몹시 긴장하여 몸을 뒤척였으나, 이런, 이제는 몸조차 옴짝달싹할 수가 없었다. 그 순간, 금빛 느티나무 우듬지에서 쇠붙이 부딪치는 소리가 가늘고 짧게 들렸다. 금붙이 쩍쩍 쇠붙이 쩡쩡, 순간순간 이어지는 소리들이 금빛 형상으로 변하더니, 차르랑 황룡이 용트림을 하는 게 아닌가. 삼지창 같은 뿔을 들어 용머리를 흔들 때마다 금빛 비늘이 쩌렁쩌렁 요동을 치며 밤하늘을 흔들어 놓더라니. 게다가 입 언저리에 붙은 갈대 뿌리 같은 희디흰 수염 두 가닥이 하늘하늘, 마치 신선의 그것이더라. 황룡의 몸뚱이는 황금빛 고무호스 같았고, 네 개의 뭉툭한 다리와 그 발가락마다에 시퍼렇게 날이 선 쇠갈고리 모양의 발톱은 쥐락펴락 허공을 움켜쥐듯 꼬무락거리더라니. 저게 무어냐?

황룡이다, 황룡…… 이놈! 순간 나는 벌떡 일어나 도끼자루를 집어 들고 허공을 가르며 날아올라 용을 쫓았겠다. 하나 어쩌랴, 황룡을 잡겠다고 금빛 느티나무 밑동을 찍는다 한들 나는 여전히 골방에 누워 꿈을 꾸는 청승덩어리인 것을.

문득, 오락가락 꿈속에서 느티나무 우듬지를 다시 올려다보는데, 황갈색의 형형한 퉁방울의 두 눈이 서치라이트처럼 비단결 같은 빛살을 쏘아대더라니. 소리 없이 쩍쩍 아가리를 벌리는 용머리, 쭈뼛쭈뼛 솟았으나 맑고 푸른빛의 날카로운 이빨들, 황룡은 거대한 영지버섯 같은 구름들을 뿜어내고 허공을 찢어 가르며 나를 향해 곧바로 달려드는 게 아닌가.

"용이다, 용이 온다. 황룡이다!"

손발을 허우적거렸으나 꿈에서 깨어나기는커녕, 꿈속 장면은 곧 넘어갈 듯 말 듯 끊어질 듯 말 듯, 순간순간 숨 가쁘게 이어지고 있었다.

"우르르 쾅!"

마침내 오두막 지붕이 와르르 무너지며 내 얼굴을 덮쳤다. 나는 기어코 황룡을 잡겠다고 손발을 허우적거렸건만, 이미 황룡은 서천 하늘로 유유히 사라지고 있었다. 나는 황룡을 쫓아가려고 벌떡 일어나 얼굴 위로 무너져 내린 흙먼지를 털어냈다. 하나 잡히는 건 허공뿐, 모든 게 꿈이었다.

비몽사몽 깨어난 뒤에도 골방의 어두운 벽에는 황룡의 잔상이 어른대고 있었다. 길고 긴 겨울밤 찬바람이 세차게 불어 문틈 창호지가 바르르 떨렸고, 등잔불은 꺼지지 않으려고 심지를 물고 너울거렸다. 낡아빠진 문짝의 문고리가 달그락거릴 때마다 아직도 황룡이 문밖에 도사리고 있을 것만 같은 기이한 생각이 들었다.

'용꿈을 꾸고 아들을 낳으면 큰 인물이 된다던데……'

옛말이 틀림이 없다면, 아직 장가도 못 들었고 애인도 없으니 모든 게 허탕 짚는 꼴이 아닌가. 그저 아까울 뿐인 용꿈, 지금이라도 어서 애인을 하나 만들어볼까, 그러자니 용꿈의 유효기간은 얼마나 되려나? 잡생각만 꼬리에 꼬리를 물더라니.

다음날 연탄공장을 하고 있는 동무 집을 찾아 나섰다. 그는 장가를 들었으니 비싼 값에 용꿈을 팔아볼 작정이었다. 거기에 궁리를 보태니 또 다른 묘안도 떠오르는 것이, "오빠, 오빠, 시인오빠" 부르며 나를 잘 따르는 동무의 예쁜 여동생까지 눈앞에 아른거리는 게 아닌가. 그날 저녁 친구와 술상을 마주하고, 용꿈을 팔아먹을 것인가, 아니면 예쁜 여동생을 어떻게 해볼 것인가, 이리저리 저울질하다 말고 술 한 잔, 이 생각 저 생각에 또 한 잔, 궁리궁리 그러다가 또 한 잔, 결국에는 술이 술을 마시더니 용꿈을 팔기도 전에 술잔 속으로 빠져버렸다.

나는 가끔 동무 집에서 며칠씩 먹고 자며 연탄공장 일을 거들고 용돈을 받곤 했다. 그날 늦은 술자리 탓에 늦잠 자는 나를 깨운 것은 동무의 어머니였다. 비몽사몽 늘어진 나를 유독 소란스럽게 흔들어 깨운 까닭은 난데없이 경찰이 '서정춘'을 찾았기 때문이었다. 겨우 뜬 눈을 비볐더니 불쑥 경찰이 서 있었고, 경찰은 다짜고짜 당신이 서정춘이냐, 서울의 신문사에서 파출소로 연락이 와서 집으로 찾아갔더니 아버지가 연탄공장 친구네 집에 가 있다고 해 찾아왔다, 빨리 신문사로 전화해라, 숨 한번 쉬기도 전에 말부터 쏟아내고 돌아서니, 이게 무슨 일인가 싶었다. 부랴부랴 동무의 자전거를 빌려 타고 집으로 왔더니, 아버지는 보자마자 대뜸 전보 쪽지를 내밀며 다그쳤다.

"야, 이놈아, 무슨 일을 저질렀기에 경찰이 찾고 신문사에서 전보가 오고, 도대체 이게 무슨 일이냐."

늙고 까막눈인 아버지의 호통을 듣는 둥 마는 둥, 술이 덜 깬 눈으로 전보를 읽어 내려가니, 발신지는 신아일보사였다.

'당선을 축하한다, 시 「잠자리 날다」의 당선소감을 써 보내라.'

전보는 이미 며칠 전에 도착한 터였다. 어쩌다 일이 꼬이고 꼬여 지금에야 손에 쥐었는지, 그 사연은 나중에 따지기로 하고, 우선 급한 마음에 우체국으로 달려가 신문사로 전화를 넣었다. 떨리는 가슴 진정시키기도 전에 돌아온 대답은, 사람 주저앉힐 청천벽력 같은 말이었다.

"하도 연락이 안 돼서, 당선소감을 기다리다 당선 취소하려고 했어요."

하, 기가 찰 노릇이었다. 부르르 떨리는 수화기에다 대고, 전화로 당선소감을 불러드리면 안 되겠느냐고 물었더니, 이번에는 그쪽에서 혀를 끌끌 차며 기가 막혀 하더라니. 전화기 앞에 두고 당선소감을 읊조리는데, 도대체 당선작이 왜 「잠자리 날다」인 것인지 선뜻 떠오르지 않는 것이었다.

세상에 이런 일도 있는가 싶었다. 왜 <신아일보>인가? 아무리 기억을 더듬고 엎어 봐도, 분명히 <신아일보>에 시조를 보내고 시는 <동아일보>에 보냈는데 말이다. <동아일보>에 보낸 「잠자리 날다」가 <신아일보> 신춘문예 당선작이라니, 귀신이 곡한다는 말이 실감이 났다. 수화기를 내려놓고 우체국을 돌아 나오며 들뜬 가슴을 진정시키고서야 실마리가 풀리기 시작했다. 이 사달을 일으킨 장본인은 바로 술 귀신, 술 탓이었다. 시조 작품은 <신아일보>로, 시 작품은 <동아일보>로 보낸다는 것이, 술 귀신 장난에 겉봉을 바꿔 보낸 것이었다. 나중에 각 신문사의 신춘문예 당선작들을 보니 아찔하더라. <동아일보>와 <경향신문> 두 곳을 석권한 시인이 있었으니, 바로 시인 마종하. 만에 하나 나의 시가 <동아일보>로 갔다면, 후보작으로 그쳤을지도 모를 일이었다.

그 시절 신춘문예는 등용문^{登龍門}이라고 일컬었는데, 나는 등용^{登龍}을 넘어 득룡^{得龍}을 한 셈이었다. 서편 하늘로 날아갔던 그 거대한 황룡이 환생해 내 품 안으로 날아들어 왔으니, 꿈같은 이야기, 아니 꿈같은 꿈 이야기, 황룡의 꿈! 지금 여기, 내가 꿈꾸었던 용 한 마리를 다시 그려보는 것이다.

"나는 용꿈을 꾸고 시인이 되었노라!"

—『현대문학』, 2013. 8.

시인 연보

윤 길 수

1941년(1세) 9월 21일(음력), 전남 순천시 저전동 남산 밑 샘터마을(순천여고 뒷산)에서 부친 대구 서씨 서사류과 모친 나주 임씨 임유아 사이에서 2남 2녀 중 막내로 출생했다. 생후 21일 만에 진행형 늑막염 수술 끝에 기적처럼 살아난 뒤 얼마 후 저전동 236번지로 이사를 했다. 어린 그가 늑막염에 걸린 것은 임신 중인 어머니가 이웃 간의 싸움을 말리다가 배를 다친 것이 화근이 되었다고 한다.

1942년(2세) 9월 9일(음력), 만 한 살 때 병으로 생모를 잃고 곧이어 새엄마를 맞이해 1녀 2남의 이복동생을 보았다.

1945년(5세) 해방이 되고 며칠 후 이웃 청년이 그가 신고 있던 게다를 벗겨버린 기억이 생생하다.

1947년(7세) 그의 집은 10평짜리 초가였는데 국유지와 공유지가 딸려 있어서 그곳을 가마니때기로 둘러치고 마구간으로 사용했다. 집은 순천성당, 제일 장로교회, 성결교회와 순천 남초등학교를 지척에 두고 있었고 순천고는 직선거리로 600미터에 있었는데 모두 그의 놀이터였다. 동네 형과 누나들이 제일장로교회의 유년 주일학교를 데리고 다녔다. 교회에서 주는 헌옷가지와

163

끓인 우유를 받아왔고 주일학교에서 반사들이 가르쳐 준 골리앗과 다윗왕의 얘기를 재미있게 들었다. 그의 집 오두막 방바닥은 오래되어 장판지에 실 구멍이 많이 나 있어서 손가락으로 슬쩍 두드리기만 해도 흙먼지가 피어올랐다. 벼룩이며 빈대를 잡아 죽이다가 심심하면 집을 나와 개구쟁이 친구들과 들로 산으로 쏘다니며 남의 집 가지와 오이를 따 먹었다.

어느 날은 빨래거리가 버릴 헌옷가지인 줄 알고 지나가는 엿장수를 불러 엿 한 토막과 바꿔먹고 엄마에게 야단을 맞은 일이며 끼니거리로 몇 줌 남은 생쌀을 거의 반량이나 씹어 먹다가 또 엄마에게 들켜 혼쭐이 난 적도 있었다. 그런 날은 엄마가 술지게미를 끓여 금쪽같이 감춰둔 설탕을 타 한 그릇을 주면서 다독여 주곤 했다. 당시 귀했던 설탕은 마부인 아버지가 가끔 순천역에서 화물을 받아 말 구루마에 싣고 관청의 창고까지 운반하는 과정에서 조금씩 얻어낸 것이었다.

1948년(8세) 초등학교에 입학했으나 신체가 부실해 자퇴하고 집에서 형에게 한글을 익혔다. 그러던 어느 날 한 청년이 급히 뒷간으로 뛰어들었고 뒤쫓아 온 다른 청년이 총으로 쏴 죽이는 것을 본 뒤 한동안 악몽에 시달렸다. 아마도 여순사건 때의 일인 듯하다.

1949년(9세) 순천 남초등학교를 지척에 두고 걸어서 15분 거리에 있는 동초등학교에 입학했는데, 아홉 살 위인 형이 그 학교의 급사로 있어서 월사금 혜택을 받을 수 있었기 때문이다. 어느 날 아버지가 끄는 말 구루마 앞자리에 앉아 가다가 조랑말이 내놓는 말똥냄새가 좋았다고 일기에 썼다. 그가 일기를 쓰게 된 것은 순전히 문학기질이 있었던 형의 강요에 의해서였다. 어느 날 그는 힘센 조랑말과 말방울 소리가 좋아서 자신도 마부가 되겠노라 말했다가 아버지로부터 난생처음 뺨을 맞고 마구간으로 쫓겨났다. 그가 울며불며 두 손을 빌어 용서를 빌자 아버지는 그의 얼굴을 가슴에다 끌어안고 다독이며 눈물을 닦아주었으나 그는 더 서럽게 울었다. 그때 아버지의 눈에도 눈물이 맺혀 있는 것을 처음 보았다. 이후 아버지는 이십 년 마부 생활을 청산하고 소작농과 미장이 노릇에 때때로 땔나무를 하러 왕복 오십 리 산길을 걸어서 싸릿대며 억새 또는 솔가리를 한 지게 가득 져와 나무전에 팔기도 했다. 어느 봄날 큰누나와 작은누나를 따라 나물을 캐러갔다가 하천 뚝 다리 밑에서 문둥이를 만나 얼마나 놀랐던지 줄행랑을 치다가 넘어져 앞니 하나가 깨진 일도 있었다.

1950년(10세) 6·25전쟁 발발로 오두막 부엌에 방공호를 파겠다고 온 식구가 소란을 피울 때 그는 아버지 보고 "밥이나 먹고 죽자"며 울었다. 결국은 시내 집에서 이십여 리 떨어진 대구 서씨 집성촌이 있는 순천만의 안풍동(간동) 큰아버지 서당으로 피난을 갔다. 이때부터 순천만 뻘밭에서 뿔게와 짱뚱어 잡기로 많은 시간을 보냈다. 가끔 사촌 형제를 따라서 뒷산에 올라가 솔가리와 잔디뿌리를 땔감으로 긁어모아 망태기에 지고 왔다. 어느 날엔 인민군이 서당에 와서 열아홉 살짜리 형의 병든 꼴(장티푸스)을 보고 문둥병이라며 끌고 가지 않았던 일도 있다. 그해 작은어머니를 따라 뒷산 넘어 목화를 따러 다녔고 삼대를 베어와 삶아낸 뒤 껍질을 벗겨낸 적도 있다.

　이즈음 썰물 때면 사람들은 함지박을 타고 개펄로 나가서 전어 등을 주워 왔는데 그는 갯가로 엄마 마중을 나가기도 했다. 피난살이 식구들은 좀 잘산다는 큰아버지 눈치를 보며 심부름과 잔일을 도맡아 하며 한두 끼니를 때웠다. 큰아버지는 두세 마을의 서당 접장이었는데, 그에게 천자문 공부를 않는다며 긴 담뱃대로 머리를 두들기면 그는 '하늘천 따지'를 연거푸 외치다가 피해버린 적이 여러 번 있었다. 그 후 큰집 형들은 그의 별명을 '하늘천 따지'로 불렀다. 어떤 날은 마을 앞 뻘밭에 우거진 갈대를 한 둥치 베어와 땔감으로 쟁여놓았고, 큰집 작은집 논밭에서 감자나 고구마를 캔다거나 벼논에 나가 참새를 쫓는 일로 허기진 적이 많았다.

그는 작은집 형제들이 좋아서 주로 작은집에서 잤다. 작은엄마는 밤잠도 모르고 베틀에 앉거나 물레를 돌렸고 그는 그 베틀 밑에서 자기도 했다. 그러다 배가 고파 잠이 깨면 먹다 남은 고구마를 급히 먹다가 목이 메어 작은엄마가 등을 두들겨 주었다. 그날 밤 한밤중에 오줌 누러 마당에 나갔다가 먼 형수뻘 되는 분이 양손에 묵직한 것을 들고 나가는 것을 보았다. 작은엄마에게 그 사정을 물었더니 그녀의 남편이 인민군을 피해 갯물이 들지 않는 갈대밭에 구덩이를 파고 숨어 있어서 어두워지면 형수가 남편의 먹을거리를 날라다 준 것이라 했다. 식구들은 9·28수복 이후 아직 전쟁 통이었지만 큰아버지 가족들의 괄시에 피난살이를 끝내고 본가로 돌아왔다. 나중에 알았는데 큰아버지와 아버지는 이복형제였다.

아버지는 일거리를 찾아다녔고 그는 혼자서 또는 여럿 아이들과 먹을거리를 찾아다닌 악동이었다. 여름에는 개울과 냇가나 논밭에서 개구리, 가재, 미꾸라지를 잡고, 한겨울에는 초가집 처마를 뒤져 참새나 알 등을 구워먹기도 했다. 한번은 순천여고에 있는 호두나무를 타고 올라갔다가 경비원에게 들켜 더 올라가지도 내려가지도 못한 채 오줌이 마려워 참다못해 옷에다 지리고 말았다. 동네 골목대장이 있었는데 그를 따라 깊은 냇가에서 미역을 감다가 소용돌이에 빠져 죽을 뻔했다. 마침 그 형이 발견하고 끌어낸 후 거꾸로 배를 눌러 물을 토하고 살아난 기억이 있다. 어느 날 순천 재판소 앞에 인민군 여럿이 총살을 당했는데 그들의 눈과 코에서 구더기가 쏟아져 나온 것을 보고 공포에 떨었다.

1953년(13세) 열두 살 아래 남동생이 태어났다. 온가족이 밥벌이를 나가고 그는 틈틈이 젖둥이 동생을 업거나 방에 눕혀놓고 잠을 재울 때 청승맞은 구음으로 자장가를 삼았다고 이웃 엄마들의 입거리에 올랐다. 젖 먹일 시간이 되면 엄마의 일터로 업고 나가 젖을 먹이고 왔다. 이래저래 학교 숙제며 예습공부는 뒤로 해서 60여 명 급우 가운데 40등 정도였고, 그림을 잘 그리고 노래를 조금 잘해서 인기가 있었다. 고학년이라 대부분 점심 도시락을 싸가지고 다녔지만 그는 형편이 어려워 주로 집에까지 뛰어와서 보리죽이나 꽁보리밥에 물을 말아 먹었고, 어떤 날은 굶고 창피해서 학교 방공호에 숨어 있기도 했다.

1954년(14세) 어느 날 그는 작은누나의 마중을 나간 일이 있었다. 누나가 땔나무를 이고 산길에서 내려오는 중이었다. 그때 나무꾼 총각들 중에 한 놈이 누나의 엉덩이가 커서 애를 잘 낳겠다고 놀려댔다. 그때 누나는 머리에 이고 있던 나무둥치를 부려놓고는 그 총각의 지게 다리를 잡아당겨 넘어뜨렸다. 총각이 누나의 머리끄댕이를 흔들며 욕지거리를 퍼붓기에 달려들어 놈의 손을 물어 상처를 낸 일이 있다. 그 후 누나는 나뭇길은 죽어도 싫다 하고 간뗀(우뭇가사리) 공장을 다니며 아래 동생들과 집안일을 도맡았다. 여름방학이 되어 아이스께끼 통을 메고 하루 종일 팔러 다녔으나 잘 안 팔리고 배가 고파 울고 싶은 때도 있었다.

초등학교 졸업을 앞두고 아버지는 그의 몸에 맞는 지게를 만들었다. 겨울방학이 되어 아버지를 따라가서 억새풀 한 다발을 지고 왔더니 그 뒤로는 지게질이 어렵지 않았다. 나뭇길이 멀어서 새벽에 나가서 어둑기가 내릴 때야 돌아오는 산길이었다. 한번은 나뭇짐을 지게에 쟁여놓고 점심으로 가져온 놋 식기의 보리죽을 아버지와 함께 불에 데워먹는 중이었다. 점심으로 한 그릇씩 먹고 남은 것을 반씩 덜어먹을 때였다. 아버지가 갑자기 배가 아파 더 못 먹겠다고 해서 그가 대신 먹었다. 그 후에도 이런 일이 되풀이되었는데, 결국 그것은 아들에게 더 먹이려는 아버지의 꾀병으로 밝혀졌다.

그의 집은 십여 년 전에 이사를 해서 순천여고 정문 앞에 있었다. 어느 때부턴가 그는 학교에서 들려오는 <솔베이지의 노래>에 빠져들곤 했다. 교회에서 불렀던 찬송가도 좋았지만 순천여고에서 들려오는 모든 음악이

더 좋았던 것 같다. 말하자면 순천여고 음악은 그에게 일상의 음악이었고 찬송가는 일요일의 음악이었다. 또한 새벽마다 잠을 깨워주는 성당의 종소리는 왜 그리 듣기 좋았는지 모른다. 한동네의 5일장 청소부 아저씨가 병이 들어 눕게 되자 그 자리를 물려받으려 아버지는 순천시장을 찾아가서 승낙을 받아왔다. 시장 역시 대구 서씨로 아버지보다 한 항렬이 낮고 친분이 있는 분이었다. 그 후 5일장 자릿세로 아버지가 얻어온 물건 중에 생선도 있어서 생선 맛을 볼 수 있어 좋았다.

1955년(15세) 순천 동초등학교를 졸업하고 순천 매산중학교 야간부에 입학하여 한 학기를 보내고 겨우 신문배달 자리를 얻게 되었다. 그 신문은 주1회 발행되는 <학생 에디션>이었고 그것을 순천시내 전 중고등학교로 배달을 하는 것이다. 신문의 부피가 많아 손으로 들고 오기는 힘이 들었다. 순천역까지 나가서 소화물로 오는 것을 지게로 져와 지국장 집에 내려놓고 각 중고등학교에 배달했다. 그런데 지국장이 근 석 달이 지나도록 월급을 안 주더니 결국 도망치고 말았다. 그 뒤 초등학교 때 가장 친한 친구의 아버지가 정부 기관지 <서울신문> 지국장이어서 곧바로 배달 자리를 다시 얻었다. 중학교 2학년이 되어 신문구독자인 순천 문우서점에 들러 영랑시집과 소월 시집을 시간 가는 줄도 모르고 읽다가 주인이 말려서 나온 적도 있었다.
　책을 많이 읽은 친구에게 두 시집을 빌려다 적은 뒤 '나도 시인이 되고 싶다'고 일기장에 썼다. 이런 일을 국어선생이 알게 되어 칭찬을 받고 이때부터 문학에 관심을 두었다. 그즈음 문우서점 주인이 잘 봐서 많은 시집을 빌려다 필사를 했다. 돈이 없으면 필사를 하라는 국어선생의 당부를 따랐으며 필사는 그의 유일한 취미가 되었다. 그런 데다 그가 다닌 학교는 기독교 계통이어서 성경책에서 얻은 감동은 문학 그 자체였다. 신문배달과 구독료 수금에 바쁜 나날들은 무척 힘들었으나 시와 소설을 읽고 한자투성이의 신문을 읽어내는 재미도 있었다. 거기서 얻은 소감들을 일기에도 써놓곤 했다. 그가 중학교 3학년이 될 때까지도 전기를 켜지 못하고 호롱불로 살았는데 마침 이웃집에 들어온 전기에 접선시켜 도둑전기를 사용했다. 부모들은 불안해했으나 야학을 마치고 돌아와 호롱불 아래서 밥을 먹거나 책을 읽기가 죽기보다 싫었다.

그의 앞집 큰 기와집에 셋방을 얻어온 친구네가 있었다. 같은 학교 야간부 한 학년 위였고 나이는 그보다 한 살 아래로 무척 친했다. 그의 부모는 유식했고 아버지는 지방 신문기자였으나 힘들게 살았다. 그 친구는 영어 수학을 잘해

▲ 고교시절

서 그에게 많은 도움을 주었고 그는 친구에게 시집과 소설을 소개해 주었는데 나중에 친구의 부모가 학업 성적이 떨어진 이유를 그의 탓으로 여기고 이사를 가버렸다. 그러나 친구는 가끔 골방에 찾아와 시와 소설을 읽고 논쟁을 벌이는 일이 많았다. 어느 날 그의 제의로 둘이는 모험을 걸고 순천서 광주까지 산길만을 걷기로 작정하고 빈 몸으로 집을 떠났다. 밤낮으로 3일을 걸어서 화순 너릿재를 넘어 한 마을에서 밥을 얻어먹다 거동 수상자로 오인되어 경찰의 조사를 받고 풀려나 돌아온 일도 있다.

1958년(18세) 순천 매산고등학교 야간부에 입학을 하고 신문배달과 수금 사원 노릇을 계속했다. 가끔 신문 지국장의 집에서 먹고 자며 장작을 패주기도 했다. 그 집의 아들과 오랜 친구 사이였지만 그가 깡패짓을 해 충고를

하곤 했는데 그게 화근이 되어 한번은 맞짱을 뜨기도 했다. 한편 친구의 옆집에는 순천고에 다니는 김○극이라는 문학 지망생이 있었고 당시 김승옥(뒷날 소설가)과 문재를 겨루는 사이였다. 그의 아버지는 초등학교 교장이었는데 책이 많았고 불교에 관한 책도 있었다. 그는 친구에게서 문세영의 국어사전을 선물로 받는 등 많은 도움을 받았다.

한번은 신문 지국장이 신문대금 장부가 없어졌다며 그를 범인 취급을 해서 억울한 나머지 다음날 결근했다. 그 뒤에 지국 사무실에서 장부를 찾았다고 연락이 왔으나 더 이상 분해서 신문배달을 그만뒀다. 며칠 후 순천 문우서점의 정식 점원으로 들어가 많은 책들을 만나게 되었다. 이때 많은 시집을 필사 또는 구입했고 세계명작전집을 원가로 샀다. 그 서점에는 읽기 어려운 『사상계』 잡지가 있었지만 그에게는 벅찬 내용들이었고 『현대문학』은 신천지만 같아 다음호가 기다려지곤 했다.

이래저래 그는 학과 공부와는 멀어졌다. 야간학교는 다니기가 지겨워 머리 깎고 중이 될까 망설이던 어느 날 어머니와 크게 싸운 끝에 그 문학 지망생 친구를 찾아가 심사를 털어놓자 친구는 그에게 『부모은중경』을 읽어보라고 했다. 그는 이미 세례교인이었기에 거부감도 있었지만 그 얄팍한 책을 한자리에서 읽게 되었다. 그 책을 읽고 돌아와 울면서 어머니께 잘못을 빌었더니 어머니도 그를 껴안고 울었다. 그 책을 읽고 난 뒤 어머니와 여성의 존재에 깊이 생각을 하고 머리를 깎고 싶어 선암사의 스님에게 저간의 사정을 얘기했지만 부모님께 다시 물어보고 한 번 더 오라 했다. 얼마 뒤 중이 되겠다던 의지는 꺾였지만 『부모은중경』에서 느낀 불교에 대한 관심이 깊어져 향림사 스님을 찾아가 『반야심경』 강의를 듣기도 했다. 그 스님으로부터 소설 『원효대사』를 받아 읽었다.

어느 날 학교에서 노래자랑이 있었고 그는 1등으로 뽑혔다. 그다음 날 3등을 했던 친구가 웃으며 다가와 노래 잘 부른 네 목구멍 좀 보자고 해 웃으며 '아' 했던 순간 목구멍에 불이 난 듯 숨을 쉴 수가 없었다. 그 친구가 목구멍에다 식초 원료를 부어버린 것이다. 그는 목구멍이 헐어 치료를 받았으나 그 뒤로 노래가 잘 되지 않았다. 결국은 현인의 <신라의 달밤>을 잘 부른 탓이었고 일말의 노래에 대한 꿈은 사라져버린 것 같았다. 그의 주변에는 거친 친구가 더러 있어서 하루는 그들의 유혹에 빠져 으슥한 곳에서 담배를 피우다 아버지와 친한 동네 분에게 들켰다. 아버지는 그 고자질을 듣고 앙천대소를 하며 "내 아들이 일찍 어미 잃고 살아서 담배까지 피우다니 이제 사람이 됐네"라고 했다는 것이다. 겨울철이면 새벽일을 나갈 때 아들의 등바닥을 확인하고 군불을 지펴주시던 아버지였다. 심지어는 담배 가치를 문틈으로 밀어 넣어주곤 했는데 그 아버지의 동물적인 사랑은 방황하는 그에게 안정제가 되곤 했다.

그가 방황하며 마음이 들떠 있을 즈음 아버지와 친한 친구 두 분이 술잔을 나누다가 그를 불러 앉혀놓고 타일렀다. 한 분은 6·25 때 평양갑부로 가정이 몰살당하고 혼자 남한으로 내려와 순천 퇴물기생과 사는 분이었다. 그분은 시인 구상과 친분관계가 있었고 일본서 음대를 나왔다고 했다. 그러나 소도시 순천에서 일거리가 드물어 끼니를 건너다 못해 가난뱅이 그의 집에서 신세를 지곤 했다. 술이 거나해지면 콧등에다 젓가락을 문지르며 지고네르바이젠 흉내를 내며 눈물을 보이기도 했다. 그분의 직업은 풍금이나 피아노 조율사로서 "피아노 최씨"라고 불렀고, 또 한 분은 장씨였는데 별명이 "외팔이 장씨"로 불렸다. 그분은 일찍이 빨치산 이현상부대 요원으로 활동하다 왼팔을 잃었다.

장씨는 한때 문학청년이었다며 당시 그에게는 전혀 생소한 정지용, 백석 등의 시인을 거론했으나 그들의 시를 접하지 못한 그는 흥미가 없었다. 여기서 한 분은 반공주의자며 한 분은 사회주의자 출신으로 무지렁이 아버지와는 술친구들이었다. 그날 이분들은 아버지의 요청으로 술자리를 하다가 방황하며 들떠 있는 아들의 일상에 대하여 논의가 있었던 것이다. 그가 그 술자리에 앉기에 앞서 아버지 친구분들은 몰래 그의 골방을 뒤져 일기장이며 문학서적과 필사된 시집노트들을 보았다고 했다. 이때 빨치산 출신 외팔이 장씨가 '너는 이미 시인'이라며 외치더니 술잔을 권했다. 마부출신 아버지는 시인이 돈 버는 것이냐 뭐시냐고 하면서 애매한 표정으로 웃고 말았다.

술자리가 끝나고 외팔이 장씨의 집에 끌려가다시피 해 그곳에서 몇 권의 필사본 시집들을 보고 놀라움을 금치 못했다. 오장환, 이용악의 필사된 시집은 표지만 보여주고 정지용, 백석 시집을 읽어주며 필사를 시킨 뒤 뒷날 회수하고 찢어버렸다. 그다음 입단속이 그를 더 떨게 했는데 이 책들은 남한에서는 절대 금서로 보유자는 반공법에 걸려 빨갱이로 몰릴 수 있다며 겁을 주었다. 그는 이미 청록파 시집이며 서정주, 김현승, 노천명, 이육사, 이은상, 한용운, 유치환 등의 시집이며 시들을 빌려다 필사를 했었다. 이즈음 그는 모방도 창작이라는 국어선생의 말을 듣고 더 많은 시를 읽고 노력하여 『학원』 잡지에 투고를 했으나 실리지 못했고 김화영, 권오윤 등이 부러울 뿐이었다. 먼 뒷날 1971년 김요섭 시인을 만나 과거 백석의 시집을 경험한 일들을 얘기했더니 역시 극비라고 하며 백석의 『사슴』을 빌려줘서 필사를 했다. 이것을 1974년 송수권 시인에게 빌려주고 돌려받지 못했다.

1959년(19세) 그해 겨울 문우서점에서 쫓겨났다. 책을 읽으랴 시들을 필사하랴 손님에게 소홀하던 중 책 도둑을 여러 번 맞은 것이 그 이유였다. 거기다가 헌책을 사고팔았는데 기회를 보아서 좋은 책은 그가 사들인 것도 이유가 되었다.

1960년(20세) 고교 3학년 봄에 승주군청 내 도유림사업소와 부인회 사무실의 사환으로 들어갔다. 이즈음 <서울신문> 학생문예 콩쿨에 산문 「쌍안경」이 당선된 친구 박○웅의 소개로 그의 큰형과 작은형을 만났다. 그들 삼형제가 문청들이었고 그에게 많은 영향을 주었다. 그중 박○철은 일찍이 그 아버지의 사상문제로 가산이 풍비박산되자 경기중학교를 2학년 다니다 중퇴를 했고 같은 반이었던 백낙청을 잘 알고 있었다. 그는 엄청난 독서가였고 일본어 사상서적을 섭렵 중이었다. 그는 마르크스 사상과 장 주네의 『도둑일기』를 읽어주며 필독을 요청했다. 그 삼형제는 교회 집사인 어머니를 따라 독실한 기독교인이어서 순천 매산학교와 지근거리에 있는 선교사들과 친근한 사이였다.

이즈음 그는 친구 박○웅을 따라서 선교사네 집에 가서 샐비어 꽃을 처음 보았고 미국산 초콜릿과 콜라, 커피 맛도 처음이었다. 게다가 미국에서 온 자전거며 지프차를 타보고 마치 미국사람이라도 된 기분이었다. 당시 그는 이미 강증산이며 최재우의 민족종교와 불교에 심취돼 있었기 때문에 이국정서에 의도적으로 거리를 두고 있던 터였다. 친구 박○웅은 그보다 한 학년 앞선 순천 매산학교 사환으로 야간부를 졸업하고 고려대 법대를 갔으며 그와는 서먹했던 순천고의 귀재 김승옥은 서울대 불문과를 갔다. 이 둘은 그에게 지대한 열등감을 주었으나 반면에 각성의 기회도 되었다. 그가 사환으로 있던 직장은 한직이어서 공부할 시간이 차고 넘쳤다. 그러나 기초실력이 없는 그는 아예 국립대학은 꿈도 못 꾸었고 아버지는 소작농마저 잃게 되어 날품팔이로 생계를 버텼다.

당시 형과 두 누나들은 이미 결혼을 해서 어렵사리 가정을 꾸리고 있었다. 다행히 경찰이 된 형의 도움이 컸지만 한계가 있었다. 여섯 식구가 먹고살기가 몹시 어려웠다. 그해 어느 날 진작부터 모아온 교지들, 즉 순천고의 『팔마』, 순천사범의 『한샘』, 순천여고의 『목련』을 정리하던 중에 왜 그의 학교는 교지가 없는지 회의감이 들어 국어 선생에게 교지 발행을 건의했다. 그러나 선생은 교장에게 밉보여서 어렵다며 "이 학교는 성경 말씀이 문학이더라"며 그만두라는 것이었다. 며칠 뒤 그는 다시 여러 학교 교지들을 들고 국어 선생에게 가서 다시 교지의 발행을 주장했고, 선생은 그의 뜻을 교장에게 편지로 보내보라는 것이었다.

그 며칠 뒤 그는 문득 떠오른 생각 하나에 용기를 얻게 된다. 그것은 "신문이 망하면 나라가 망한다"라는 토머스 제퍼슨의 어록이었다. 그는 국어 선생에게 직접 교장을 만나겠다는 뜻을 전하고 용기를 내 교장을 찾아갔다. 그 자리에서 교장을 만나기까지의 사정을 털어놓고 토머스 제퍼슨 어록이며 순천 시대의 각 고등학교 교지들을 펼쳐 보였다. 그러자 교장은 담임에게 그의 성적표를 가지고 오라고 했다. 순간 그는 등골이 오싹했다. 교장은 성경 교과목과 국어성적 이외는 거의 밑바닥이라며 "너에게 좋은 대학이 있다. 대전 숭전대학을 가서 목사가 되어라. 약속하겠느냐'고 물었다.

그는 "꼭 가겠습니다. 교지는 승낙하시는 겁니까?" 하고 물었고, "승낙하신다면 제가 문예부장이 되겠습니다"라고 했다. 그때 교장선생은 미소를 지으며 "하나님은 너 같은 아이를 사랑한다"고 하였다. 그 말 한마디는 마치 하늘에서 들려오는 듯했고 그는 하늘로 날듯 기뻐서 교장실을 나왔다. 결국 개교 이후 『매산』 교지 창간호는 그가 고3 졸업을 얼마 앞두고 나왔다. 야간부 학생이라는 뒷말을 들으면서도 기적 같은 성취감에 들떠 있었다. 그 이후 교지는 몇 번 더 나온 뒤 다시 볼 수 없었다. 당시 한동네 살다가 중이 된 친구가 환속을 했는데 그에게 승복과 불교서적을 주고는 입대를 해버렸다. 어느 날 밤 승복을 입고 골방에 앉아 『반야심경』을 읽고 있던 중 아버지가 문을 열더니 그가 입고 있는 승복을 벗겨 아궁이에 넣고 불을 질러버렸다.

그러면서 동서기나 면서기라도 해서 먹고살자며 아들을 타일렀다. 어느 날 빨치산 출신 외팔이 장씨는 아버지에게 "개천에서 용 날 것이다"라고 하며 그를 위한 덕담을 한 적도 있었다. 4·19 때 이승만을 타도하라 외치던 그는 그 후로 볼 수가 없었고, 이승만을 살려야 빨갱이가 없어진다며 흥얼거리던 피아노 최씨는 이미 위암으로 세상을 떴다. 한편 목사 지망생 친구로부터 노만 필의 저서 『적극적 사고방식』을 선물로 받고 그는 시인의 길밖에 다른 길이 없다는 신념을 굳히게 되었다. 극심한 생활고의 연속으로 대학진

학의 꿈은 이미 저버렸으므로 이 길은 그의 유일한 도피처이기도 했다.

1961년(21세) 순천 매산고를 졸업했으나 생활고로 인하여 사환자리를 못 버리고 한 달여를 더 다녔다. 그는 언제부턴가 신문스크랩을 해왔는데 그 스크랩북이 허리를 넘쳤고 이것들은 문학서적과 더불어 10평짜리 초가집 골방을 가득 채웠다. 그중 월간『사상계』며『현대문학』은 그의 필독 교과서였다. 어느 가을날 서울 남대문시장의 마늘가게에 붙어살던 친구의 부름을 받고 상경하여 곧바로 떠돌이 마늘장사를 했다. 마늘창고 2층에는 일본식 다다미가 두 장 깔려 있었고 다섯 사람이 겨우 새우잠을 잘 수 있었다. 그는 그런대로 마늘을 잘 팔아서 남은 돈으로 명동입구 문예서점에서 가끔 책을 사기도 했는데 장 주네의『도둑일기』와 서정주의『시문학개론』은 훔친 것이다.

『도둑일기』는 어려워서 못 읽고 헌책방에 팔았다. 마늘장사로 챙긴 돈 얼마와 두 박스 책을 싸들고 겨울을 피해 낙향을 했다. 곧바로 선암사 암자에서 고시생과는 딴판으로 시 쓰기에 열중했다. 어느 날 술에 취해 두세 번의 고성방가 끝에 한 달을 못 넘기고 쫓겨났다. 그는 다시 구차한 골방에서 봉두난발로 처박혀 가까이 살고 있는 두 누님들의 신세를 지고 있었다. 어느 날 친구 이상 가까운 조○윤이 여수로 이사를 간 뒤 그가 그립다고 찾아와 여수 가서 살자며 끌었다. 좋은 잠자리와 보고 싶은 책을 책임지겠다고 했다. 친구는 빈 드럼통을 이용해 프라이팬, 톱밥난로, 연탄 따가리 등을 만드는 것으로 수입이 좋았고 그도 열심히 기술을 연마하여 그런대로 돈벌이가 되었다.

그러나 얼마 후 그 친구의 형이 밀수사건에 연루되는 바람에 순천의 집으로 돌아왔다. 집의 생활고는 여전했으므로 그는 다시 부모와 어린 동생들을 위해 왕복 50리 먼 산길로 땔나무를 하러 다녔다. 솔가리나무를 긁어 한 덩어리로 묶을 요령이 없어 싸리나 억새를 베어왔는데 그것을 동네 먼 아저씨뻘 되는 집에 팔기도 했다. 이것으로 반은 쌀을 사고 나머지는 헌책을 샀다. 그리고 할 일 없이 노는 날이면 대궐 같은 아저씨 집 뒷방에서 그 아들을 부추겨 담배며 술을 마신 날도 있었다. 그리고 키 크고 잘생긴 대학 못 간 친구가 있었는데 안양 신필름 배우학교를 간다기에 그도 가서 연극배우가 되었으면 했으나 모두 헛된 꿈이었다.

당시 헌책방 두 군데를 아지트로 두고 몇 명의 문청들과 어울렸다. 이해 가을 벼 베기 품팔이 품삯은 생계에 보탬이 되었다. 친구는 헌책방 개점을 권유했으나 자본금을 마련할 형편이 못 되어 포기했다. 마침 도시계획에 의한 노동 일거리가 생겨 잡부로 다닌 대가는 생계에 보탬이 되었다. 도시계획은 그의 집에서 부쳐 먹던 공유지 밭뙈기를 뭉개버렸다. 이즈음 석가, 동학, 마르크스에 대한 관심과 미국의 뉴프론티어, 기독교주의, 프래그머티즘 사이에서 심한 갈등을 느꼈다. 이럴 때면 밤낮 없이 큰 소리로 시를 낭송했는데 아버지는 아들이 좀 돌았나 싶은 표정이었다. 책방 주인이며 문청들과 골방에서 술 마시고 노는 것이 오히려 다행이란 듯 아버지는 부추기기까지 했다. 문청 친구 중 한 사람은 깡패출신으로 그의 집에 쌀이며 술까지 가져다 준 부잣집 아들이었다. 그 친구는 그에게 많은 책도 선물했고 유행가를 많이 알고 잘 부른 그를 무척 따랐다.

1962년(22세) 1월 초 문단 등용문이 된 신춘문예에 순천 출신 김승옥의 당선작 「생명연습」을 읽고 한자리에서 필사를 했고 이때부터 더 많은 읽기와 습작에 몰두했다. 그러던 중에 순천이 유사 이래 큰 수해를 입게 되어 수해복구 및 신설 주택공사의 잡부 일을 도맡아 한 해의 생계를 도왔다.

1963년(23세) 광주 형 집에 머물면서 청강하기 쉬운 조선대 국문과 김현승 시인의 강의를 몇 번 도강하여 들었으나 곧 싫증이 났다. 어느 날 새벽 큰 장독 항아리 위에 정화수를 떠놓고 비손하는 소리를 들었는데 아들을 위한 기도였다. 아버지는 눈썰미가 뛰어나 미장일과 구들장 놓는 일을 찾아다녔고 아들을 가끔 데리고 다닐 때도 있었다. 그는 여전히 문학이란 블랙홀에 빠져서 아버지의 큰 걱정거리였다. 초등학교 3학년 때부터 본격적으로 일기를 쓰기 시작하여 고등학교를 졸업할 때까지 썼다. 이것을 소재로 「변이설」이란 성장소설을 썼는데 초고가 너무 유치해서 버렸다가 다시 친구에게 보였더니 역시 친구도 같은 생각이었다. 그는 다시 신춘문예 응모용으로 「변이설」을 고쳐 쓰기로 작정하고 여섯 번의 퇴고 끝에 코피를 쏟으며 단념했고 이후 산문은 쓰지 않기로 작정했다. 그는 아버지에게 불효 노릇만 한 것 같아 순천시 병사계를 찾아가 군 입대를 자청했다. 병사계에서는 그의 신체검사 등급이 2을종이라 대기상태라 했지만 그는 배가 고파 죽겠으니 입대를 시켜달라고 애원했다.

1964년(24세) 1월 훈련소 입소 며칠 후 새벽 식사당번이 되어 국물을 들고 오다가 동료 사병과 같이 국물 속의 건더기를 건져 먹다 들통이 나서 선임하사에게 실로 엄청나게 맞았다. 이후 춘천 시외 자동차대대로 배치가 됐고 그는 618 정비공 주특기였다. 그러나 당시 고졸자가 없었던지 중대 교육계가 되어 공부하기 좋은 기회가 되었다. 군대생활 3년 중에 습작시 몇 십 편이 쌓여 신춘문예에 응모할 요량이었다. 그러던 중 제대를 두 달 앞두고 있는 행실이 나쁜 병장을 상병인 그가 폭력을 가했다가 다른 병장들에게 몰매를 맞고 손발에 장애가 왔다. 특별휴가를 얻어 아버지에게 그 사정을 얘기하자 부친은 순천에서 유명한 한의사로부터 민간요법을 얻어왔다. 그것은 주인 없는 묘지의 인골을 모아 숯을 만들고 가루로 빻아 갱엿에 섞어 환^丸을 만들어 두어 달 동안 복용하는 것이었다. 그는 휴가 중에 침도 맞고 쑥뜸을 하면서 이 환을 먹고 극적으로 회복되었다. 군대 휴가로는 이때가 처음이자 마지막이었고 휴가비를 모아 춘천 시내의 서점에서 책을 사는 것이 일과의 전부였다.

1966년(26세) 연말을 앞두고 만기제대를 하였다. 1967년 군대서 맞은 후유증으로 온몸에 쑥뜸을 하고 그는 다시 골방에 들어앉아 읽고 쓰며 군대에서 써온 시들을 퇴고하여 신춘문예 등단을 결심하고 시조는 <신아일보>에 시는 <동아일보>에 각각 투고하였다.

1968년(28세) <동아일보>에 응모한 시 「잠자리 날다」가 엉뚱하게도 <신아일보> 신춘문예에 당선된 것이다. 문제는 두 신문사 주소를 바꾸어 보낸 실수의 결과였고 이는 무슨 운명의 장난 같았다. 당선 통지를 받기 이틀 전에 용꿈을 꾸었는데 독립영화 한 편을 보는 듯했다. 이후 한때 문청이었던 선배 박○휘를 만났다. 선배 형은 남대문시장의 생선 중간상이었고 그는 형의 잔심부름 노릇을 하며 형 집에서 침식을 하게 되었다. 형의 부인은 교회 집사였는데 그가 술 담배를 끊고 교회에 나가기 전에는 시멘트 마루에서 잘 수밖에 없노라고 했다. 형의 집은 서대문 화장터 뒷산 무허가였고 그는 그 집의 시멘트 마룻바닥에서 담요 한 장으로 10월의 밤공기를 지새우는 노숙자와 다름없는 신세였다.

　선배 형은 지극한 공처가로 아직도 소설가의 꿈을 버리지 못한 처지에 후배인 그를 몹시도 안타까워했다. 앞집에는 백구가 한 마리가 있어 그를 무척 따랐다. 밤이면 습관처럼 그의 옆에서 자리를 잡았는데 그는 개의 체온을 얻어 추위를 견뎠다. 어느 날 갑자기 몸에 신열이 나고 허리가 끊어질 듯 아파서 진찰을 받아봤더니 결핵이라 했다. 그래서 급히 광주의 형을 찾았고 그 덕으로 진찰을 받은 결과 결핵이 아닌 급성 신장염이었다. 끌어안고 잔 개가 병균을 옮긴 것이다. 형 집에서 기거하며 치료를 받은 뒤 완치가 되어 다시 순천으로 돌아왔다. 피폐한 몸이 회복되자 다시 서울행을 시도하던 중 순천여고에서 천재 문학소녀로 이름을 날렸던 조계수의 이종 언니 유정숙을 만나 그녀와 사귀게 되었다. 그녀의 외증조부(윤보혁)가

독립운동 자금줄로서 죽임을 당한 집안이란 내력도 끌렸다.

1969년(29세) 기계 유씨 유정숙을 만났지만 처가 측에서 그를 못마땅하게 여기는 분위기에 견디다 못해 서울행을 작정했다. 그동안 십여 년 이상 골방을 가득 메웠던 책들을 이희승 국어대사전만 남기고 모두 헌책방에 팔아 돈을 챙겼다. 이때 그의 습작노트며 필사본 노트 삼십여 권과 일기장을 태워버린 뒤 유정숙을 꼬여내 곧장 서울행 야간열차를 타버렸다. 그해 가

▲ 부인과 첫 살림을 차렸던 판자촌 풍경

을 마장동 판자촌에다 셋방을 얻고 취직자리를 찾아 헤맸으나 고졸학력으로는 출판사 편집 자리를 잡기가 극히 어려웠다. 판잣집 월세라지만 두세 달 지나서 생계의 위협을 느꼈다. 그러던 중 고향 친구 소설가 김승옥의 소개로 동화출판공사에 입사했다. 편집부에는 모두가 서울대, 이대 출신 여성들이 있어서 주눅이 든 데다 교정 초짜가 되다 보니 사고를 냈고 전화위복이 되어 제작을 전담하게 되었다. 판잣집 셋방에서 6개월을 살다가 정릉 4동 청수장 아래 개울가 귀틀집에 셋방을 얻어 이사를 하였다.

1970년(30세) 장녀 현선이 정릉에서 태어났다. 그해 만해 한용운의 제자 김관호

거사가 이끄는 한국 불교 거사림의 가장 어린 회원이 되어 4년간을 일요일마다 설법을 들었다. 당시 효당 최범술의 설법과 아울러 한국의 다도 강의를 경청하고 이때부터 차에 깊은 관심을 두었다. 이즈음 고향의 부모형제 앞으로 봉급을 쪼개어 달마다 송금을 했

▲ 결혼사진

다. 그뿐만 아니라 19세 아래 막냇동생이 초등학교 5학년이었는데 그는 계모에게 막내가 고등학교를 졸업할 때까지 학비를 전담하겠다고 약속했다. 막내가 학년이 오를수록 부담은 늘어 그는 점심 대신 생들깨로 한 끼를 때우면서 술과 담배를 끊고 계모와의 약속을 지켰다.

1971년(31세) 차녀 연희가 연년생으로 태어났다. 정릉 개울가 귀틀집에서 그 이웃 산동네 꼭대기 무허가 집으로 빚을 내어 옮겨가 살게 되었다. 집 아래로 말년의 김두한 전 국회의원이 살았고, 그 아래 문화주택에는 사위 김지하를 감옥에 둔 소설가 박경리가 살았는데 가끔 두 사람을 만나 인사를 드린 적도 있었다. 김두한은 새벽에 촛불을 켜놓고 불경을 외우며 목탁을 두드렸고, 박경리는 그 딸과 손주와 더불어 앞뜰의 채전을 가꾸는 모습을 보며 두 사람의 영욕에 전율을 느낄 때가 많았다.

1974. 2. 정릉4동

1973년(33세) 아들 유석이 태어났다. 당시 국내 최초로 국배판 호화본 『한국미술 대전집』 전 15권, 3만 부를 일본에 수출했으나 클레임이 발생하여 제작 책임자로서 충격을 받고 졸도했다. 고려병원에 입원하여 치료를 받은 뒤로도 심한 신경쇠약과 공황장애로 몹시 시달렸다. 쑥뜸과 민간요법으로 몸을 다스리던 중에 박두진과 전봉건 시인의 권유로 남한강 일대 충주 단양의 강변을 찾아다니며 탐석 생활 1년여 만에 건강을 회복했다.

1974년(35세) 처음으로 내 집 장만을 하다. 아이들에게 아방궁 같은 집을 선사하기 위해 정릉 4동 산1번지의 무허가 집을 사서 계곡에서 돌을 나르고 벽돌을 사다가 시멘트 비벼 화단을 쌓아 80평짜리 정원을 만들었다. 그러나 정식으로 등기를 낸 내 집 장만은 3년 뒤 사당동 161-57번지에서 이루어졌다.

1984년(44세) 아버지 별세하다.

1989년(49세) 수석 동호인들의
시편을 모은 『시인의 돌』
(도서출판 문향)을 펴냈다.

1992년(52세) 어머니 별세하다.
이후 이중 생활비 문제로
전전긍긍해왔던 경제적 부
담을 덜게 되었다.

▲ 수석 동호인 시절의 수집품

1994년(54세) 평생을 살아왔던
시골 본가 터를 빼앗겼다.
그 이유는 몇 십 년 전 대지 매입을 했으나 아버지의 무지로 매입등기를
안한 것이 문제였고, 이것을 알고 있던 토지 관리인의 농간이 절대적이었다.

1996년(56세) 제1시집 『죽편』을 동학사에서 펴냈다. 28년간을 근무해왔던 동화
출판공사를 명예퇴직함과 동시에 28년간 쓴 시 중에서 35편만을 고른 것이다.
그동안 출판을 모색해오던 꿈을 접고 중앙대학 근처에서 아내와 치킨마트를
5년 가까이 운영했다. 이후 백수건달이 되어 낙향을 시도했으나 전 가족의
반대로 실패했다.

2001년(61세) 제2시집 『봄, 파르티잔』(시와시학사)을 펴냈다. 일면식도 없는
임강빈 시인이 주도하던 제3회 '박용래문학상'을 받았다.

2003년(63세) 모교 순천매산고등학교의 '자랑스런 <매산인>'에 선정되었다.

2004년(64세) 제1회 '순천문학상'을 수상했다. 당시 시인에게만 주어진다고 해서 수상을 수락했으나 이후 소설분야로 발전해 제1회 수상자인 본인으로서는 뻔뻔하고 난처한 처지가 되었다. 그 이유는 문단경력이나 문학적 위상 면에서 소설가 김승옥과 서정인을 앞설 수가 없다고 생각했기 때문이었다.

▲ 박용래 문학상 수상식에서

2005년(65세) 제3시집 『귀』(시와시학사)를 펴냈다. 북한 금강산에서 열린 '세계시인대회'에 참가했다. 행사장 입장 과정에서 북한의 병사가 직업을 묻길래 '시인'이라고 하자 노동일을 해야지 그게 무슨 직업이냐고 다그쳐서 혼이 났던 일이 있었다. 이 광경을 지켜본 이시영 시인이 「시인이라는 직업」의 제목으로 시를 썼다.

2006년(66세) 제6회 '최계락문학상'을 수상했다.

2007년(67세) 제5회 '유심작품상'을 수상했다.

2010년(70세) 제4시집 『물방울은 즐겁다』(천년의시작)를 펴냈다.

2013년(73세) 신춘문예 등단기 「아, 용꿈」을 『현대문학』(2013. 8)에 게재하고

한국대표명시 100선 『캘린더 호수』(시인생
각)를 펴냈다.

2014년(74세) 초정 김상옥이 재창간한 동인지
『맥』(1995)의 제5회 '백자예술상'을 수상했
다.

2016년(76세) 첫 시집 『죽편』(도서출판 황금알)을
복간하고 제5시집 『이슬에 사무치다』(글상걸
상)를 펴냈다.

▲ 『캘린더 호수』

2018년(78세) 등단 50주년을 맞이했다.

–(장서가, 서정춘 시인의 구술에 따라 정리)